가끔 이기고

자주 집니다만

가끔 이기고 자주 집니다만

중환자실 간호사가 전하는 속깊은 고백

초 판 1쇄 2024년 12월 16일

지은이 김혜진
펴낸이 류종렬

펴낸곳 미다스북스
본부장 임종익
편집장 이다경, 김가영
디자인 윤가희, 임인영
책임진행 안채원, 이예나, 김요섭, 김은진, 장민주

등록 2001년 3월 21일 제2001-000040호
주소 서울시 마포구 양화로 133 서교타워 711호
전화 02) 322-7802~3
팩스 02) 6007-1845
블로그 http://blog.naver.com/midasbooks
전자주소 midasbooks@hanmail.net
페이스북 https://www.facebook.com/midasbooks425
인스타그램 https://www.instagram.com/midasbooks

ISBN 979-11-6910-969-7 03810

값 19,000원

📘 **미다스북스**는 다음세대에게 필요한 지혜와 교양을 생각합니다.

가끔 이기고

중환자실
간호사가 전하는
속깊은 고백

자주 집니다만

김혜진
지음

미다스북스

천천히 굴러가는 중입니다

나의 우울은 원인에 따른 결과가 꽤 명확한 편이다. 흔히 생각하는 우울증의 스테레오 타입이라고 할 수 있다. 어릴 때는 불행이 대화 소재로 떠오를 때면 숨죽여 승리의 미소를 짓거나, '이런 환경에서 살아온 것 치고는 꽤 바르게 자라지 않았냐.'며 자학 개그를 하기도 했다.

문득, 정신간호학 실습을 나갔을 때 일이 떠오른다. 다른 학교의 학생 간호사 선생님이 내게 질문을 던져왔다.

"저도 저기 침대에 가서 눕고 싶어요. 그런 생각 안 해보

셨어요?"

초면에 자신의 정신과적 병력에 대해 말할 리 없다는 생각에, 나 또한 누워서 '쉬고 싶다.' 답했다. 이에 돌아오는 학생 간호사 선생님의 반응을 통해 단순히 휴식을 의미하는 질문이 아니었음을 알아챌 수 있었다.

4년의 대학 생활과 국가고시를 거쳐 나는 어엿한 간호사가 되었다. 고요한 밤이 된 중환자실에 앉아 있다 보면 인생이 그렇게 허무할 수가 없다. 내가 맞이할 인생의 끝이 눈앞의 모습과 같다면, 무엇을 위해 버티고 서 있어야 할지 모르겠다는 생각이 들고는 한다.

나를 제외한 모든 사람이 인생을 잘 굴려 가고 있는 것처럼 보인다. 그러다 어떻게든 자리를 찾아 앉아 버티고 있는 사람들이 많다는 것을 알게 되는 순간들이 있다. 어떻게 그럴 수 있는지는 알 수가 없다.

어떤 날은 깊은 우울에 그대로 머리를 박아 넣고 죽고 싶었다. 또 어떤 날은 아주 들뜬 기분이 되어서, 하루를 온전히 살아낼 수 있을 것만 같았다. 괜찮다가도 아니던 그런 날들, 그런 기분.

내 인생은 그렇게 천천히 굴러가고 있다.

2 간호사의 내면 일지
병원과 상담센터의 기록

3 괜찮은 사람이고 싶어요
마음에 대한 간호 중재

4 그럼에도 사랑을 말합니다
아픔의 최전선에서

처음 마주한 낯선 감정

사라지고 싶은 욕구에 대해

1

아주 보통의, 일반적인 사람들은 살아가면서 죽고 싶다는 생각을 하지 않는다는 이야기를 들었다. 내가 처음 죽음을 입에 담은 것은 초등학생 무렵이었다.

언니랑 사이가 좋지 않은 편이었기 때문에 사이좋게 잘 지내다가도 갑작스럽게 싸움이 시작되곤 했다. 그날은 같이 샤워를 하다가 싸움이 시작되었다. 곧 터져버릴 것 같은 울화통에 언니 때문에 죽고 싶다고 소리를 질렀다. 원망스럽게도 언니는 아무런 표정의 변화 없이 죽고 싶으면 죽으라 답했다. 나의 외침을 들은 엄마는 벌거벗은 두 딸의 머리채를 잡고서 사이좋게 현관문 밖으로 쫓아내버렸다.

　또 어떤 날에는 엄마한테 우울증에 걸릴 것만 같다고, 참
고 참다가 내뱉었던 적이 있었다. 그러나 나와 우울은 등호
가 성립하지 않는 단어인 것처럼 완벽하게 부정당하고 말
았다. 그 뒤로 가족들에게 이런 이야기를 하지 않게 되었다.
애초에 미주알고주알 자신의 속이야기를 나누는 가족 분위
기도 아니었고, 보수적인 사람들이었기에 기대를 꺼버리게
되었다. 왜 그렇게 내게 죽음이 가벼웠나 생각해 보면 그럴
수밖에 없었던 것 같다. 내게 죽음은 가까운 존재였다.

　언니와 심하게 싸우는 날에는 화가 난 엄마가 두 딸과 함
께 죽으려 했다. 어떤 때에는 이름 모를 하얀 알약들을 모
조리 입안에 부어넣으며 두 딸의 눈앞에서 자살 방법을 친
히 보여주기도 했다. 몇 번이고 지지고 볶았더니 언니에게
도 죽음은 가까운 존재가 되었는지 몸싸움에서 밀리자 칼
을 들고 나를 위협하기도 했다.
　엄마가 바닥에 흩뿌려진 알약들을 주워 삼킬 때 너무 지

처서 잠시 지켜본 적이 있다. 정말 죽고 싶은 건 아닌 것 같아 손목을 낚아채 주먹 가득 쥐어 든 것들을 털어냈다. 죽으려 시늉하는 모습을 보고는 베란다 난간을 넘어서는 모습을 따라 할 수도 있었다. 솔직히 발 한 쪽이 넘어가 허공에 떠올랐을 때는 조금 무섭긴 했다.

그러다 아무런 일도 없었던 평범한 어느 날에 엄마가 조용히 약을 삼키고서 잠들었다. 마지막 인사일지, 도움의 요청인지 모를 연락을 누군가에게 남겨둔 채였다. 그분에게 연락을 받은 언니가 엄마의 상태를 확인했다. 그렇게 엄마는 구급차에 실려 가면서 끝내 살아남을 수 있었다.

며칠 동안 엄마가 자리를 비운 적막한 집 안에 남겨졌다. 그동안 나는 엄마가 자살에 실패해 아쉬웠을지 궁금해했다. 또는 당신이 살기를 원하는 손길이 있다는 것을 확인하고 안도했을지도 모른다. 그렇게 나는 그날 이후 평생 뱉지 못할 질문을 품고 살아가게 될 거라는 것을 알 수 있었다.

죽음에 대해 진지하게 생각하게 된 것은 시간이 조금 더 지난 후였다. 처음에는 무의식적으로 죽음의 방법에 대해 생각했다. 도로에서 내게 다가오는 차를 보며, '저 속도로 달리는 차에 치인다면 한 번에 죽을 수 있을까.' 어느 날 아침에 일어났을 때 목에 감겨 있던 충전기 선을 치우며 '자고 일어났을 때 선에 감겨 죽어 있었으면 좋겠다.' 이후에는 죽음에 대해 계속 떠올렸다. 머릿속 상상으로는 이미 수십 자루의 칼을 입안에 쑤셔박은 후였다. 그런 생각들이 일상적으로 있었다.

뛰어내려 버릴 생각으로 유서를 쓰기 시작하다가 질질 울면서 그만둔 일. 나의 보험 내역을 살펴보며 자살에 대해서도 보장이 되는지 찾아봤던 일. 지금은 괜찮아졌다고 말을 하지만 이런 경험은 흔적이 남는다. 나는 괜찮을 때도 늘 죽고 싶다는 생각을 밑바닥에 잔잔하게 깔고 살아가고 있다.

우울감과 우울증은 구분되어야 한다. 우울증은 '우울한 기분'이나 '흥미 또는 즐거움의 상실'을 포함하여 2주 이상 증상이 지속될 때 진단을 내릴 수 있다.

다음 항목을 통해 자신의 상태에 대해 가볍게 점검해 보자.

(1) 매일 지속되는 우울감이 있고, 앞으로의 미래 또한 비관적이다.
(2) 식욕과 무관하게 체중의 감소 또는 증가가 있다.
(3) 수면에 대한 질이 떨어진다.
  ▶ 입면 시간의 지연, 꿈을 꾸는 얕은 잠, 자주 깨는 등
(4) 무기력하거나 피로하여 삶에 활력이 떨어진다.
(5) 자살에 대한 반복적인 생각 또는 계획이 있다.

간이 테스트 결과만을 보고 스스로 우울장애라고 잠정적인 진단을 내리는 것보다는 심리검사 결과, 정신과 진료 등

을 종합적으로 확인해 보는 것이 좋다.

증상이 2주일 이상 지속되지 않거나 비교적 약한 증상을 몇 년 이상 겪고 있는 경우도 있다. 이는 경증 우울장애나 만성 우울장애(2년 이상)일 수 있다. 그렇기 때문에 위 증상과 부합하지 않더라도 스스로 우울장애 증상으로 인해 고통을 받고 있다고 생각된다면 상담을 받아보기를 권한다.

    어릴 때는 정신과에 다닌다는 걸 엄마가 알게 될까 봐 정신과 방문을 망설였다. 고졸 취업을 준비했을 때는 방구석 히키코모리와 다름이 없었고, 밖을 돌아다닐 돈도 없었다. 대학 생활을 하며 잠시 안정기에 접어들었다. 좋은 사람들을 많이 만났기 때문이다. 그러나 취업을 하게 되면서 감춰져 있던 우울이 불안과 더불어서 고개를 내밀었다. 그러나 정신과에 갈 생각은 하지 않았다. 복합적인 이유가 있었지만 가장 큰 이유는 내가 정말 우울증인지 판단할 수 없었기 때문이다. 나의 우울이 부정당할까 두려웠던 것이다.

시간을 들여 나의 상태에 대해 정리해봤다.

출근 전부터 시작해 업무 실수를 한 경우에는 퇴근 시까지 내내 불안감이 들었다. 주로 안절부절못하며 초조함을 느꼈고 손끝을 뜯는 행동을 했다. 집 안에 있으면 온종일 누워 있었다. 우울한 것인지 우울을 방패 삼은 것인지 수만 번을 고민했었다. 주로 새벽에 감정이 복받쳐 울기도 하고, 불안감에 미칠 것 같은 느낌을 경험했다.

자살 계획은 없으나 자살 사고는 있었다. 이는 자살을 실행하겠다는 것보다 내 존재 자체가 자연히 사라졌으면 좋겠다는 생각에 가깝다. 나의 '죽고 싶다.'는 내가 원래부터 세상에 없었던 것처럼 한 톨의 공백조차 남기지 않고 사라지고 싶다는 뜻이다.

아침이 되면 무기력하고, 시간이 흘러 또다시 의미 없는 하루가 지나간다는 감각이 들기 시작하는 새벽을 맞이한다. 그때는 불안감이 치솟아서 자는 것조차 미뤄버렸다. 마치 그렇게만 한다면 다음 날이 영영 오지 않을 것이라도 되는 것처럼. 잠자리에 누웠다 한들 오랜 시간을 들여야만 잠들 수 있었다. 그렇지 못한 날에는 그냥 눈을 감은 채 밤을 지새우기도 했다.

무엇이 그렇게 우울하고 불안하냐고 하면 여전히 그 실체를 모르겠다. 예상되지 않는 미래, 내가 마주해야 할 모든 상황, 그냥 살아가는 것 그 자체.

살면서 네다섯 번쯤 공황 발작도 있었다. 당시에는 그게 공황인 줄 몰랐는데, 되짚어보니 그랬다. 공황 발작이라 하면 죽을 것만 같은 공포감이 든다고 하던데 나는 아니었기 때문에 자각이 늦었다. 숨이 막혀 호흡하는 것이 힘들고, 시야가 막히면서 정신이 아득해졌다. 체한 것처럼 답답하고 구역감이 올라오며 식은땀이 났다. 집중하려고 노력해야만 다음 행동이 가능했다. 시야가 완전히 갇히고 나면 주저앉아 심호흡하는 것 말고는 방법이 없었다. 나아졌을 때는 핏기가 가시는 것처럼 식은땀이 온몸을 적신 후였다. 나는 공황 발작이 나타났을 때도 아득바득 참고 멀쩡한 것처럼 구는 인간이었던 거다.

ADHD에 대해 고민하게 된 건 성인이 된 이후였다.

짧게 설명하자면 주의집중력이 가장 큰 이유이다. 나는 현재 페이지의 글을 쓰는 순간에도 음식을 가지러 냉장고에 3번 다녀왔다. 그리고 물을 마시러 갔다가 화장실 거울로 내 피부 상태를 확인하고, 쓰레기를 정리하는 등의 행동을 했다.

그렇게 나는 년 단위의 세월을 흘려보내고 나서야 정신과를 찾았다. 한동안 '방아쇠' 같은 사건들이 연달아 일어나면서 죽고 싶다는 생각이 머리를 가득 채웠던 때가 있었다. 그래서 자존감이 바닥에 꼬라박힌 여느 때와 같이 밤을 새운 날 아침. 불안감이 한껏 올라와 충동적으로 병원을 결정하고 출발했다. 지역 내에서 성인 ADHD에 대해 진료를 봐주는 유일한 병원이라는 글을 본 것이 가장 큰 이유였다. 내가 정말 미쳐버리기 직전에서야 진짜 우울한 것인지 아닌지는 더 이상 중요하지 않게 되었다.

병원을 갑시다

정신과 진료의 문턱은 다른 진료과에 비해 높다고 생각합니다. 사회적인 편견은 당연한 얘기이니 넣어두도록 하겠습니다.

시간이 흘러 괜찮아진 것 같다는 생각이 들더라도, 괜찮은 척해야 하는 때라면 더더욱, 병원에 갑시다. 의료법에 따르자면 진단은 의사만이 내릴 수 있습니다. 쉽게 말해, **스스로의 상태를 혼자 진단 내리지 말아요.** 의사 선생님이 만병통치약을 내어주진 않을지라도, 전문적으로 당신을 이리저리 들여다봐 줄 것입니다.

무엇이 그렇게 우울하고 불안하냐고 하면 여전히 그 실체를 모르겠다.
예상되지 않는 미래, 내가 마주해야 할 모든 상황, 그냥 살아가는 것 그 자체.

우울, 불안, 불면, ADHD 의심을 이유로 정신과에 '가고 싶다.'는 것과 '가야겠다!'를 반복했다. 그렇게 인터넷에서 정신과 초진 후기 글만을 열심히 찾아보던 때를 지나 드디어 나도 정신건강의학과에 다니게 되었다.

정신건강의학과 병원을 찾기는 매우 쉬운 일이었다. 지도 애플리케이션을 켜고 '정신과'를 검색하면 끝이었다. 그러나 그것과는 다른 막막함이 있었다. 내과나 이비인후과는 집에서 가까운 곳으로 아무 곳이나 갔었는데. 왜인지 정신과는 조금 더 신중해야 할 것 같았다.

무작정 큰 병원을 가기에는 우리 지역에는 대학병원이 없었다. 내게는 조언을 구할 수 있는 정신과 병력이 있는 주변인도 없었다. 믿을 수 있는 건 인터넷 후기 글 하나였다. 몇 번이나 반복해 봤던 후기 글에서 문득 익숙한 병원 로고가 보였다. 동이 틀 때까지 뜬눈으로 밤을 새운 후 그곳을 찾았다. 예약도 없이 무작정 찾아갔기 때문에 예약 환자 목록 뒤로 내 이름이 명단에 적혔다.

　정신건강의학과 푯말이 쓰여 있는 천장을 바라봤다. 기다리는 동안 아주 초조하고, 불안하고, 안절부절못하는 마음이었다. 시간이 아주 느리게 흘러가는 것 같았다. '미친 척 난동을 부리면 응급으로 보고 먼저 진료를 봐줄까.', '냅다 손목을 칼로 그어버리고 응급실에 가면 기다릴 것도 없이 정신과 의사가 나를 보러 와주시진 않을까.' 그런 부적절한 생각이 머리를 가득 채웠다. 그렇게 미칠 듯한 감정이 한계에 다다를 때쯤 내 차례가 왔다.

　정신과에 가겠다는 다짐을 몇 번이나 하면서 어떤 말을 해야 할지 정리해둔 글이 있었다. 내 상황을 구체적으로 설

명하지 못하고,

"죽고 싶어서 왔어요."

말하고는 글을 내밀었다. 의사 선생님은 내게 그 무엇도 하지 않았는데도 불구하고 눈물부터 주르륵 흘러나왔다. 누군가에게 진실한 마음으로 '죽고 싶다.' 이야기한 것은 처음이었기에 조금 낯선 기분도 들었다. 정신과 환자로 진료실에 앉아 있다는 게 믿기지 않았다.

눈물 먹은 목소리로 말을 제대로 이어나가지도 못했다. 그러는 와중에도 내 눈물이 작위적으로 보이진 않을까 걱정됐고, 우울이 부정당할까 두려웠다.

한편으로는 '정신과 진료실 안에는 꼭 휴지가 있다던데 나 같은 사람이 많은 걸까.' 나는 왜 갑자기 눈물이 흐르는 것인지, 의사 선생님은 우는 나를 보며 무슨 생각을 하실지 궁금했다. 그렇게 짧은 순간에 온갖 생각이 머릿속에 붕 떠올랐다 사라졌다.

진료는 작성해온 글을 전체적으로 읽어보시곤 몇 가지 질문을 하시는 방식으로 진행됐다. 중점적인 이야기는 '우울이 시작되어 실수가 증가하는가, 주의집중력 부족으로 자신감이 저하하는가.'를 구분해야 한다는 것이었다.

의사 선생님 말씀으로는 주의집중력 부족이 시작인 것 같다고 하셨다. 나중에야 이에 일정 부분 동의하게 되었으나, 당시의 생각에서 내 경험으로는 우울이 먼저인 것 같아 반발심이 들었다. 그에 대해 침묵으로 의사 표현을 했으나 의사 선생님은 말을 멈출 생각이 없어 보였다. 질의응답과 키보드가 타닥거리는 소리만이 반복되는 진료실 안은 내가 손톱을 쥐어뜯는 소리를 제외하면 아주 적막했다.

ADHD 간이 검사지도 작성했다. 우울과 불안에 대한 치료와 ADHD에 대한 치료의 우선순위에 대해 고민하던 의사 선생님은 우울과 불안으로 방향을 정했다.

내가 스스로를 대상으로 간호진단을 내렸다면 어땠을까. 역시 우울과 불안을 우선순위로 보고 사례 보고서를 작성했을 것 같다는 생각을 했다. 스스로의 간호학과적 개그감에 대해 속으로 만족을 표현했다.

약은 10일 치를 받았다. 아직 명확하게 진단명이 있는 것이 아니라서 적은 용량에서 시작한다고 했다. 그렇게 처음으로 먹기 시작한 정신과 약물은 친절하게 '자기 전'이라는 글자가 새겨진 포 안에 3종류의 알약이 들어 있었다.

집으로 돌아가기 전 노란 서류봉투 안에 검사지 몇 장도 받아 왔다. 다음 진료까지 해와야 하는 숙제를 받아 든 기분이었다. 한 번 미루면 끝없이 미룰 것을 알기에 병원 앞 카페에 자리 잡아 당장 그것들을 해치우기 시작했다. 정신과 검사에 대해 인터넷에서 찾아보았을 때 흔히 보던 이름의 검사지들이었다.

문장 완성 검사라는 것에 대해 작성을 끝낸 후, 동영상 플랫폼에서 다른 사람들이 작성한 답변을 들어보며 내 답과 비교하는 재미도 있었다. 조금 개운해졌던 것 같다. 아주 오랫동안 묵혀둔 할 일을 해낸 기분이었다.

드디어 나도 정신과에 다니는 사람이다.

조금 왜곡되었을지 모르지만, 내 기억으로 나는 어릴 때부터 치료 과정을 잘 견디는 사람이었다. 치과에 가서 진료를 보는 것부터 예방접종을 위해 주사를 맞는 것까지 무서워 운 적이 거의 없었다. 그래서 그런지 성인이 되어서는 부피감이 큰 알약 여럿을 함께 입안에 털어넣어도 나는 곧잘 삼킬 수 있었다. 그러나 정신과 약을 처방 받은 첫날에는 그 일을 해내기가 어려웠다.

질병 코드를 부여받는 것으로 나를 정의할 것을 찾고 싶었다. 하지만 그게 약을 먹고 싶다는 의미는 아니었다. 평생 정신과 약물에 대한 편견에 대해 더 많이 들어왔었다. 약기운에 취해 온종일 누워 있느라 일상생활이 안 된다거나, 오히려 뇌가 망가질 수 있다든가 하는 것들이었다. 오랫동안 입안을 굴러다니던 고민은 혀끝에 쓴맛만을 남긴 채 뱉어냈다.

둘째 날에는 목구멍 끝까지 알약을 밀어넣은 후 겨우 삼켜냈다. 그러나 그렇게 약을 꼬박꼬박 먹는다고 눈에 띄게 우울감이 줄어드는 마법은 일어나지 않았다.

사실 처음에는 그렇게 열심히 약을 챙겨 먹는 성실한 환자도 아니었다. 몸을 일으킬 힘도 없이 피로한 날이면 약기운 없이도 잘 수 있을 것 같다는 생각이 들었다. 쉬는 날에는 사람을 만날 일 없으니 약을 먹지 않아도 괜찮지 않을까 싶었다. 그러나 그것들은 바닥을 치는 기분을 느끼며 곧 후회로 변하고는 했다. 우울로 흐느끼는 밤을 숱하게 보내었다. 그렇게 몸으로 겪어내고 나서야 약을 꽤 열심히 챙겨 먹으려 노력하게 되었다.

정신과 약물에 대해 익히 알려진 부작용으로는 식욕의

변화와 졸림이 있다. 정신과 약물임에도 자살 사고의 증가가 부작용인 경우도 있다. 그러나 나는 약물에 대한 작용과 부작용이 모두 뚜렷하게 나타나지 않는 편이었다. 간혹 졸림이나 입 마름이 있기도 했지만 견딜 만한 정도였다. 그마저도 적응이 되는지 며칠이 지나면 사라지고는 했다.

입면이 조금 더 쉬워지기는 했다. 물론 약효도 있었겠지만 약을 먹으면 이제 잘 시간이 되었다고 상기하게 되는 효과도 있었던 것 같다. 시간이 흐른 뒤에는 입면과 더불어 깊은 수면의 지속성을 위해 약을 먹었다.

나는 여전히 세상 속에서 사라지고 싶었다. 병원에 출근하는 일은 한결같이 두려웠고, 내 실수는 나를 짓눌렀다. 5평 남짓한 작은 방 한 칸보다, 드러누워 데굴데굴 굴러도 남을 그곳이 더 숨이 막혔다. 그럼에도 약을 먹으면 그 하루를 온전히 살아낼 수 있었다. 몸은 피로해도 정신은 말끔해서 자고 싶어도 잠들 수 없는 밤이 줄어갔다. 업무 실수로 질책을 받을 때 마스크 너머로 '죽고 싶다.' 읊조린다거나, 자해 욕구가 올라오는 것을 조금씩 삼켜낼 수 있게 되었다.

열흘 후 병원을 다시 찾았을 때는 이전보다 진료 시간이
훨씬 짧아졌다. 근황을 물어보시기에 간단하게 불안에 대
한 약물 증량을 요청했다. 그렇게 21일분의 약을 받아 왔다.

이후 진료에서도 나의 약은 계속 증량되어갔다. 3회 차
진료에서는 이랬다. 이런저런 할 말을 생각해 갔는데 다 잊
고서 멍한 상태로 잠을 자주 깬다는 말만 간신히 했다. 당
시의 내 진료는 대부분 그랬다. 멍하니 자리에 앉아 있으면
의사 선생님이 필요한 질문을 던지고 나는 답하는 것이다.

잠을 자주 깨던 이유도 가위눌림 때문이었는데 의사 선
생님이 물어보고 나서야 그에 대한 이야기를 했다. 그는 수
면 중 가위눌림을 공황 발작의 일종으로 보시는 것 같았다.
항전간제가 자기 전 약물로 추가되었다.

병원을 다니는 동안 오히려 오랜 기간 잘 참아왔던 자해
를 시작하기도 했다. 그동안 내가 자해를 하지 않던 이유는
딱 한 가지이다. 내 정신병을 전시하고 싶지 않았다. 그러
나 그날만큼은 충동성을 참기가 어려워 흉터도 남지 않을

만한 미미한 상처를 냈다. 어쩌면 내 정신병을 인정받았다는 것에 대한 표출이었을지도 모른다. 그렇게 또 충동성 조절에 적응증이 있는 약물이 추가되었다.

지금도 내가 먹는 약은 바뀌거나 증량되기도 한다. 사람의 기분 상태는 시시각각 변화하고, 내면의 에너지에 따라 몇 주간의 생활이 달라진다. 그렇기에 한 인간에게 최적화된 약물 조합이란 존재하지 않는다.

약을 먹어도 기분이 저조한 날이 있다. 없던 에너지가 생겨나서 막 신나게 운동을 한다거나 하는 일은 일어나지 않는다. 그다지 죽고 싶은 것도 아니고, 살고 싶은 것도 아니라지만 인생을 망치고 싶지는 않을 때. 나도 제대로 살아내고 싶은데 그게 잘 안 될 때. 그런 상황은 약으로도 어떻게 할 수 없다.

그리하여 약이 나의 모든 것을 해결해줄 수 있는 마법약이 아니란 것을 이제는 잘 안다. 그러나 나 자신을 관리할 수 있는 에너지를 오랜 시간에 걸쳐 쌓아갈 수 있게 해준

다. 그럴 때마다 약을 먹더라도 평생을 살 수는 있겠다는
생각을 한다.

정신과 약물은
의사 선생님께 직접 물어보세요

　모든 약물은 작용과 더불어 부작용이 따라옵니다.
이를 'Side effect'라고 하는데, 약물을 적용하고자 하는
목적과 다른 결과를 나타내는 것을 의미합니다. 대표
적으로 감기 또는 알레르기 약물로 쓰이는 항히스타민
제의 부작용인 '졸음'을 떠올릴 수 있습니다.
정신과 약물은 이 부작용을 더 잘 활용하게 되는 것 같
습니다. 그 예시로 제가 처음 먹기 시작한 '충동성 조절
에 적응증이 있는 약물'이 있습니다. 사실 해당 약물명
에 대한 정보를 찾아보면 가장 처음 나오는 적응증으로
'조현병'이 있습니다. 그렇다고 해서 제가 조현병 진단
을 받았는가 하면, 당연히 아닙니다. 게다가 그것은 정

신과에 다녀본 사람이라면 한 번쯤 먹어봤을지도 모른다고 거론될 정도로 흔히 쓰이는 약물입니다. 또 다른 예시로 들 수 있는 것은 뇌전증 등에 쓰이는 항전간제입니다. 이는 수면 발작을 감소시켜 장시간 수면 시간을 유지할 수 있도록 보조 용도로 쓰이기도 합니다.

같은 의료인이라고 해서 모든 약물을 알고, 그 부작용까지 알아서 잘 활용해내는 것은 아니라고 생각합니다. 그러므로 더더욱 인터넷의 정보를 비의료인이 걸러서 수용하는 것은 쉽지 않습니다. 내가 먹는 약이 궁금하다면 약물을 처방 받고 있는 의사에게 직접 그 의도를 물어보는 것이 바람직할 것입니다.

ADHD가 유행이라면서요?   5

어느 순간부터 미디어에서는 성인 ADHD에 관해서 이
야기하고 있었다. 물을 마시러 주방에 갔다가 갑자기 설거
지를 하고, 널브러진 옷가지를 빨래하려다 바닥에 놓여 있
는 드라이기를 치우는 영상이 눈에 띄었다. 앞으로 걸어갔
을 뿐인데 사물의 모서리에 부딪히는 영상도 있었다. 그 모
든 것이 ADHD를 지닌 사람에게 나타나는 공통점이라고
했다. 이에 대해 짧은 영상을 중점적으로 올리는 계정도 여
럿 생겼다. 댓글 창을 열자 다들 누군가를 태그하며 자신이
ADHD인 것 같다고 말하고 있었다. 정신 질환이 패션처럼

유행하는 모습을 보며 나는 알 수 없는 기분을 느꼈다.

ADHD의 증상은 대표적으로 과잉 행동, 충동성, 주의력 결핍이 있다. 그러나 성인이 되어 신체가 성숙해지면 뇌도 발달하여 과잉 행동과 충동성은 점차 잦아든다. 그래서 주의력 결핍이 두드러지는 증상으로 남아 있는 것이 일반적이다. 나의 경우에는 과잉 행동과 충동성이 잦아들지 못했다.

때때로 상황에 맞지 않는 말이 급하게 튀어나가는 과잉 행동이 있다. 그나마 과잉 행동은 좀 적은 편이었다. 문제는 야생마 같은 충동성이었다. 뒷일은 생각하지 않고 저지르는 행동들과 금전 감각이 있었다. 그것들이 문제라고 스스로도 생각할 수 있었지만, 자제가 된다는 건 별개의 문제였다.

주의력 결핍은 기본적으로 깔려 있는 내 문제였다. 머리 안에는 수다스러운 종달새가 사는 것 같았다. 끊임없이 이런저런 생각을 하지 않으면 마치 내가 살아 있지 않다는 것처럼 떠들었다. 일의 시작과 끝맺음이 어려운 건 기본이었다. 좋아하는 일이 아니라면 주의 집중은 잘 되지 않았고 시간개념이 없기도 했다.

내 인생은 언제나 실수를 흘리고 다니는 것만 같았다. 일주일 새에 체크카드와 운전면허를 각각 잃어버렸다. 집 안에서 핸드폰이나 안경의 위치를 잊어버려서 찾아다니는 일은 부지기수였다. 줄을 서서 기다리거나, 버스 안에서 도착지까지 가만히 앉아 있어야 하는 상황을 잘 견디지 못했다. 그 외에도 ADHD의 증상이라고 말하는 모든 영상과 글이 내 이야기를 하는 것 같았다.

최근 며칠 동안 있었던 일들을 줄줄이 읊고는 ADHD 약물을 거듭 요청했다. 우울과 불안의 증상 조절이 먼저라던 의사 선생님도 수긍하시곤 ADHD에 쓰이는 약으로 가장 잘 알려진 약물을 처방해 주셨다. 해당 약물의 흔한 부작용으로는 입 마름, 식욕부진, 인후통, 불안 등등이 있다. 작용으로는 전두엽에 안경 씌운 느낌, 개안한 느낌, 차분해짐이 있다고 했다. 약효에 잔뜩 기대감을 품고 복약 후기 글을 찾아보니 사람들의 다양한 표현들이 웃음을 짓게 했다. 나도 '평범한' 사람이 될 수 있을 것이라는 기대감이 차올랐다.

가장 작은 용량에서 약물을 먹기 시작해서인지 약효가 기대만큼 있지 않았다. 또는 기대감이 너무 컸던 것이었을지도 모른다. 아무래도 다른 사람들이 찬양하는 그 약효는 나한테는 해당 사항이 없는 듯했다. 엄청난 변화를 느끼지 못한 것이다.

　개안한 느낌까지는 잘 모르겠고, 머리가 멍하지 않았다. 인생이 늘 피로하고 피곤했는데, 기운이 조금 더 생기고 지겨움이라는 것이 줄어들었다. 부작용으로는 입 마름이 있었으나 얼마 지나지 않아 사라졌다. 그러면서 약효 또한 체감하지 못하게 되었다.

　그래서 다음 진료에서는 약물의 증량을 요청했다. 의사 선생님이 이유를 묻자 우물쭈물하며 나의 고장 난 부분들에 대해 읊었다. 조금만 더 용량을 올리면 나아질 수 있을 것 같았다. 그러나 같은 현상이 반복됐다. 한동안 머리가 맑아지고 잠에서 깨어 있는 느낌이 들었지만 이내 적응이 되는 것이다.

　끝도 없이 용량의 증량을 말하게 될 것만 같아 내 선에서 멈춰 서기로 했다. 내게 정말 필요하다면 의사 선생님이 용량을 조절해 주실 것이라고 믿었다. 그러면서도 약효에 대한 의문을 계속해서 품었다. '어쩌면 나는 최고 용량을 먹어도 해결될 수 없는 구제 불능은 아닐까?' 뒤늦게 깨달은 거지만, 나에게 '평범'의 기준은 매우 높았다. 그럼에도 역시 약은 필요했다. 의사 선생님의 소견에 따라 잠시 단약을 한 적이 있었는데, 일상생활이 통제되지 않는 것을 느꼈기 때문이다.

앞서 언급되었던 것처럼 ADHD의 대표적인 증상은 3가지이다. 과잉 행동, 충동성, 주의력 결핍이 바로 그것이다. 그러나 성인이 되면 과잉 행동과 충동성은 감소하고, 주의력 결핍의 증상이 두드러지는 경우가 일반적이다.

과잉 행동, 충동성 증상
(1) 안절부절못하고 성급한 결론을 내린다.
(2) 가만히 기다리는 것을 잘 못한다.
(3) 일상생활에서 갑작스러운 지출이 생긴다.
(4) 상황에 맞지 않는, 지나치게 많은 말을 한다.

주의력 결핍 증상
(1) 시간 약속을 지키는 것이 어렵다.
(2) 체계가 필요한 업무를 시작하고 마무리하는 것이 어렵다.
(3) 지루하고 반복적인 업무를 수행하는 것에 어려움을 겪는다.
(4) 물건을 잘 잃어버리고, 어디에 뒀는지 잘 기억하지 못한다.

ADHD를 품고 살아가는 현대사회의 어른들에게 감히 위로를 전한다. 오늘도 잘 이겨내셨습니다.

우울한 것이 불안해지고, 불안함이 커지면 공황이 온다. 주의 집중이 안 되어 실수한 것이 우울하고, 그다음 날이 불안하니 잠이 오지 않는다. 나열하자면 끝이 없는 말머리들이 나를 감싸안는다.

우울과 불안, 수면장애 등 정신 질환의 진단명에 따른 진단 코드는 'F'로 시작한다. 내가 지닌 F코드의 시작은 어렴풋이 알겠으나, 언제 끝이 될지는 가늠하지 못하겠다. F코드의 이야기들은 대체로 그런 것 같다.

간호학과에서 질환에 대해 배우긴 하지만, 학문적인 진단명과 현실로 받아들이는 질환은 다른 느낌이다. 교재에서 ADHD는 '우울과 불안이 동반될 수 있다…' 정도로 끝이 난다. 현실에서는 같은 질환이라도 늘 새로운 조합이 되어 나타난다. 중증도, 회복의 속도도 사람마다 다르다. 그래서 간호 중재 방법도 딱 떨어지는 정답이 없다.

나의 F코드 이야기도 그렇다. 이론적으로는 분명히 배웠고, 인지하고 있다. 그럼에도 나는 나의 질환에 대해 무지함을 느낀다. 그래서 더 괴로움을 느끼게 되는 것 같다. 알고 있는 것인데 통제가 되지 않는다는 사실. 그러나 이제는 조금 받아들이게 되었다. 사실 받아들인 것이든, 떠안겨진 것이든, 내가 안고 갈 존재라는 것은 변하지 않는 사실이기에. 불안은 현재 내게 안겨진 것 중에서 가장 큰 부피감을 차지한다.

불안하다는 감정 또는 장애

불안과 관련해서, 가벼운 불안감은 정상적인 정서적 반응으로 간주할 수 있습니다. 그러나 지나치게 불안해서 일상생활에까지 영향을 미치는 병적인 상태를 불안 장애라고 합니다. 또한, 순간의 감정이 아니라 지속된다는 점에서 일반적인 불안과 차이가 있습니다.

다른 정신 질환도 크게 다르진 않지만 불안 장애는 진단명에 대해 제대로 인지할 필요가 있습니다. 다시 한번 강조하여, 일상생활에까지 영향을 미치는 '장애'인 것입니다.

또한, 불안 장애에서도 다양한 하위 영역이 나뉘게 됩니다. 흔히 생각할 수 있는 사회 불안 장애에서부터 분리 불안이나 공황장애 역시 불안 장애의 영역인 것입니다.

정신이 아플 때 부정적인 글을 보면 더 정신이 아파온다. 일단 나는 그렇다. 그래서 쉼표를 만들어봤다. 내 글의 무게가 어떻게 다가왔을지 모르겠으나, 당신의 방아쇠가 되었다면 미안하다는 말을 전하고 싶다.

그렇지만 내 인생이 마냥 무거웠던 것은 아니다. 그러니 당신도 조금은 가벼운 마음으로 읽어주었으면 한다.

좀, 쉬면서 가자.

　3일 동안 야간 근무를 하면서 자살 사고가 급증한 시기가 있었다. 마지막 근무 후 휴식을 취하고 있던 때였다. 갑자기 공황이 올 것 같은 예기불안이 들고 죽고 싶다는 생각이 지배했다.

　이럴 때 응급실에 가야 하는지 혹은 진료실에 가야 하는지 고민을 하며 찾아본 적이 있었다. 응급실에 가도 괜찮다는 말이 많았던 것으로 기억한다. 그러나 받아주지 않는 병원도 있거니와 보호자를 동반해야 하는 경우가 있더랬다. 또한, 자살 충동으로 간다고 한들 정신을 가라앉게 하는 약물

1. 처음 마주한 낯선 감정

을 쓰는 것이 최선이라는 검색 결과를 얻을 수 있었다.

무엇보다 일반적으로 정신건강의학과 진료 기록은 손쉽게 볼 수 없도록 되어 있다. 그러나 응급실에 상주하고 있는 환자의 간호 기록은 그렇지 않다는 것이 가장 염려되었다. 당시 내가 다니던 병원은 나의 근무지이기도 했다. 같은 병원 안이라면 응급실 기록은 어느 병동에서든 마음만 먹으면 확인할 수 있다는 걸 알고 있었다. 그곳의 간호사 선생님들이 나의 자살 충동 소식을 알 수 있다는 것에 거부감이 들었다. 결국, 선택지는 나의 비밀이 절대적으로 보장될 수 있는 진료실뿐이었다.

병원 진료 시작 시각부터 진료 대기 시간까지 내내 눈물이 흘렀다. 이제 좀 눈물이 그쳤나 싶었지만, 진료실에 발을 딛자마자 또 눈물이 삐죽 나왔다. 의사 선생님과 상담을 하는 내내 두 손에는 휴지가 쥐어져 있었다.

그는 내가 자살 충동으로 인해 사고 능력이 좁아졌을 것이라고 했다. 그러면서 간호사라는 일을 하지 않아도 괜찮다는 이야기를 아주 오랫동안 해주셨다. 나는 맞지 않는 상황이나 사람과 맞서 싸워서 이겨내는 걸 못 하는 성격이었다. 그러니 회피해도 괜찮다고 말해주셨다. 회피해도 괜찮다고. 천천히 생각의 길이 트이는 느낌이었다. 그러나 인생의 대부분이 자살 사고에 절여져 있던 사람에게 삶의 의지를 갖도록 설득해내는 것으로는 부족했다.

마지막으로 그는 내게 두 가지 선택지를 제시했다. 부모님에게 연락하기, 수간호사 선생님과 의논하기. 그러나 모두 거절했다. 당시의 나는 나의 정신병을 누구에게도 말할 준비가 되어 있지 않았다. 마지막 선택지가 생겨났다. 내일도 진료실에 찾아올 것. 내가 선택할 수 있는 가장 쉬운 일이었다. 그는 하루 치 자기 전 약을 처방해 주며 먹고 푹 자라고 했다.

집으로 돌아가는 길에는 빵집에 들렀다. 배가 고파서 샌드위치를 샀고, 그냥 먹고 싶어서 치즈 케이크를 샀다. 죽고 싶었고, 살고 싶었다.

다음 날, 잠에서 깨자마자 병원을 찾아갔다.

　자살에 대한 이야기는 암묵적으로 이루어져야 할 것 같지만 의외로 직접적이고 구체적인 질문, 이를테면 자살 사고, 계획, 시도 경험, 자살 위험 요인 등에 대한 사정이 자살 행동으로 이어지는 것을 예방할 수 있다. 이는 대상자가 솔직한 말로 감정을 표현하도록 격려해 고통을 경감하고, 자살 위험성을 감소시키는 데 도움이 된다.

　또한, 대상자가 구체적인 자살 계획을 세운 경우 자살 시도로 이어지는 시간을 지연시키는 것이 중요하다. 이를 위해 자살 사고에 대해 누군가와 직접적으로 대화를 나누는 등 혼자 있지 않도록 하는 것이 좋다.

　사고의 전환을 위해 몸을 움직이는 것도 도움이 된다. 하루 동안 자기 돌봄을 행하는 것이다. 깨끗하게 샤워를 하고, 세끼를 잘 챙겨 먹고, 가벼운 산책을 하는 것도 좋다. 나의 의사 선생님은 내게 그 모든 것을 할 기력조차 없다면 차라리 잠을 푹 자라고 했다.

자살을 시도할 수 있는 물건이나 상황에서 벗어나는 것도 필요하다. 칼이나 끈 같은 위험한 물건을 정리하는 것이다. 나는 자동차 사고에 관한 충동을 가장 많이 느낀다. 그래서 자살 사고가 강하게 드는 날에는 차라리 외출을 자제하는 편이다.

가장 중요한 것은 전문가를 만나는 것이다. 정신건강의학과 의사 선생님이어도 괜찮고, 심리상담센터에 들러도 좋다. 요즘에는 자살 예방 전화도 잘 알려져 있다. 다만 알아야 할 부분은, 자살 예방 번호에 따라 나이 제한이 있는 경우도 있다는 것이다. 정신응급의료센터도 있기는 하지만 한국에서는 그 존재가 희소하다는 것이 안타까운 부분이다. 그러나 상황이 급하다면 일반적으로 있는 응급의료센터에 가도 좋다.

그저 당신이 어떻게든 오늘을 살아내었기를 바란다.

어둠은 원래 이토록 무겁고 뻑뻑했었던지 오랜만에 새벽
을 지새웠다. 지난 새벽들 속의 나에게 많이 외로웠겠다며
심심찮은 위로를 건넸다. 좁은 자취방의 창문을 열면 바깥
의 삶이 안으로 흘러 들어온다. 자동차 소리, 산책하는 강
아지 소리, 지나는 사람들의 대화 소리. 나는 언제나 사회
에 부적격인 인간인 것만 같아서 그 속으로 섞여 들어갈 수
없을 것만 같았다.

작은 방 한구석에서 벽 너머로 들려오는 낯선 사람의 기
침 소리, 나는 거기에 파묻혀 있었다. 마음에 갇힌 말들이

많은지 자꾸만 글을 끄적였다. 막상 꺼내어 보려 하니 제대로 된 문장으로 완성되지 못하고 흩어지는 단어 부스러기들만 남았다. 불안정한 마음을 다 덮어버리고 잠들기에는 이제는 아침이었다.

우울은 과거에서 오고 불안은 미래에서 온다고 했더랬다. 내 마음에는 우울도 있고 불안도 있는데, 그러면 내 마음은 어디에 있는지 알 수가 없었다. 당최 어디에 자리 잡고 서 있는지 모르겠다고, 내 마음이 내 것 같지 않다고 생각했다. 세상에 존재하는 모든 우울을 내 앞에 가져다 놓은 것만 같았다. 이것도 저것도 네 것이지? 온화하게 물으며.

그런 마음의 결핍은 허기로 찾아온다. 그래서 뭔가를 끊임없이 주워 먹게 되는데, 채워지질 않으니 더부룩함만 남는다. "우울해서 빵 샀어." 마치 한참 유행하던 MBTI 테스트 문장 같다. 그러나 나는 우울한 날이면 진짜로 병원 앞 사거리의 빵집에 들르고는 했다. 어느 날에는 샐러드 한 개와 치즈 케이크 반 조각을 입안에 욱여넣다가 자해를 하고 싶어졌다. 그리고는 죄다 게워내고 말았다. 그렇게 내 안의 검은 부분까지 게워내고 나면 나는 좀 맑아질 수 있을지도 모른다는 생각을 했다.

그럼에도 아득바득 살아내고야 마는 스스로에게 욕지거리가 마음 가득 차올랐다. 게워낸다고 한들 꽉 체한 것처럼 답답함이 사라지지 않을 것이라는 걸 이미 알고 있었다. 평생을 완치라는 개념 없이 약을 먹어야 하는 병이 정신에 있는 게 아니었다면 어땠을까. 그런 병이 신체 어딘가에 있었다면 아프다 당당히 말하고 위로받을 수 있었을 것이라는 아주 못된 생각을 했다.

오늘 하루 어땠냐는 질문에 답하지 못하는 하루들이 흘렀다. 오늘 내가 무엇을 했는지, 언제 일어났고 뭘 먹었는지. 정말 기억하지 못해 답할 수 없었다. 그저 우울에 죽을 것 같은 날이었다. 아무리 허우적거려도 벗어날 길이 없었던 날이었다. 언젠가 기억하지 못하고 빠르게 스쳐간 시간들은 다시 내게 돌아와 책임을 물을 거라는 걸 알았다. 무섭고, 무거웠다. 도저히 앞으로 걸어간다는 느낌이 들지 않았다. 영원히 그 자리에 서 있을 것 같았다. 뒤돌아보면 내가 얼마나 늦장을 부렸는지 볼 수 있을 것이다.

　지나간 일은 지나간 자리에 두고서 하루를 잘 마무리하는 사람이 되고 싶었다. 엉망진창인 하루였을지라도 이부자리에 몸을 누이면 "하루 끝!"을 외칠 수 있는 사람 말이다. 진작 망가졌어야 정상이었을 생활 패턴이 잘 유지되고 있는 것은 그 노력에 대한 증거일 것이다. 나는 언제든 사라지고 싶었고, 사라질 수 없다면 잘 살아내고 싶어 했다. 그러지 못하는 현실과 이상의 격차가 언제나 나를 슬프게 했다.

　나는 엄마가 자랑할 수 있는 딸이 되고 싶었어.

세상에 존재하는 모든 우울을 내 앞에 가져다 놓은 것만 같았다.
이것도 저것도 네 것이지? 온화하게 물으며.

좋아하는 노래 중에 '내가 사랑한 것들은 언젠가 날 울게 만든다.'라는 가사가 있다. 나는 언제나 작은 것에서부터 사랑을 찾는 사람이었다.

어느 날에는 침대 머리맡의 미니 가습기를 넘어뜨렸다. 곧바로 발견하지 못해서 오랜 시간 그렇게 넘어져 있었다. 뒤늦게 발견했을 때는 전선을 연결하는 곳에 물이 가득 차 있었다. 귀여웠고, 생일 선물로 받은 물건이라 마음에 들었던 것이어서 너무 속상했다. 어쩌면 잘 말리고 다시 써보면 쓸 수 있을지도 모르는 일이었다. 그러나 아무런 생각도 못

1. 처음 마주한 낯선 감정

하고 가슴기만 붙잡고 울었다. 나는 왜 이런 것도 제대로 못 챙기는지, 왜 제대로 할 줄 아는 게 없는지 자책하는 생각에 빠져서 그렇게 1시간은 족히 울었던 것 같다.

　아주 어렸을 때 아빠 밑에서 양육된 적이 있었다. 그때 내게는 나를 돌보아주던 수많은 '이모'들이 있었다. 아마 아빠가 다니던 회사의 직원들이었던 것 같다. 그중에서 나는 '게 사주신 이모'를 가장 좋아했다. 실제로 부르던 호칭이 그랬던 것으로 기억한다. 어느 날 그는 재밌는 곳에 놀러 가자고 했다. 그러나 나는 새 친구들과 노는 게 더 즐거운 나이였고, 아쉬웠지만 그와의 나들이는 다음을 기약했다. 그것이 마지막 만남인지 꿈에도 알 수 없었다. 이제야 생각해 보면 당시의 그는 현재 내 나이 또래의 사람이었을 것이다. 마음이 더 애틋해진다. 잘 지내고 계시나요?

　어쩌면 오래도록 남았을지도 모를 인연들을 내 발로 걷어차면서, 주위는 공허해졌고 나는 외로웠다. 당신이 나를 어떻게 생각하는지 나는 알 수 없었고, 이것이 핑계라는 것을 이제는 안다. 나는 주위 사람들을 챙기는 일이 서툴고 사람과 대화하는 게 사실 조금 무섭다. 나 자신을 챙기는 일조차 버거워 숨었던 것이 어떤 이에게는 거부의 의사로 들렸을지도 모르겠다. 나는 그저 스쳐간 인연들을 추억하며 당신이 떠나지 않기를 바랄 뿐이었다.

나의 사랑은 크든 작든 언제나 결국 나를 눈물 짓게 했다. 그래서 예쁘고 따뜻한 말을 나열해서 읽는 이에게 포근한 마음을 안겨줄 수 있는 사람이 되고 싶었다. 종종 답장 없는 편지를 쓰고는 했다. 나의 우울과 불안, 그 속에 다정을 담고서 수령인이 없는 편지를. 답장이 없어도 나는 그저 편지를 쓰고 싶었다며, 당신께 안부를 건네고 싶었다며.

비 오는 새벽, 짧은 편지

오늘은 새벽부터 비가 오네요. 저는 오랜만에 쉬는 날이라서 기분이 나쁘지 않습니다.

당신은 오늘 어떤 하루를 보낼 계획이신가요? 만약 특별한 계획이 없다면, 조심스럽게 집 주변을 산책해 보는 것을 추천드립니다. 나도 알지 못했던 내 주변의 삶이 녹아 있는 곳 말이에요.

저는 사람들이 많이 없는 한산한 시간에 하는 야간 산책을 좋아합니다. 느릿하게 걸으며 야생화도 보고, 남의 집 담벼락에 기대어진 낡은 자전거 사진도 찍으면서요. 그럴 기력조차 없다면 포근한 이불에 잠겨도 좋아요. 그저 잔잔히 행복한 하루가 되었으면 합니다.

업무 실수를 했다. 내 잘못이었지만 출근하는 것이 두려 웠다.

힘겹게 출근을 해서는 온종일 선생님들의 눈치를 살폈 다. 업무 시간 내내 두통에 시달렸다. 몸에 열이 올라와서 후덥지근하고 숨을 쉬는 것이 답답했다. 체한 것 같은 더부 룩함과 구토감이 나타났다. 이는 나의 공황 발작 전조 증상 이었다.

퇴근 후 병원 앞에서 멈춰 섰다. 이대로 집으로 갔다가는 정말 되는 대로 약을 삼켜버릴 것만 같았다. 정신과적 병력을 직장 내 선생님들께 직접적으로 보여주는 것과 간접적으로 알리는 것 중 무엇이 더 나은가에 대해 고민했다. 이는 중환자실에 약물중독으로 입원하는 것과 응급실 간호 기록으로 보여지는 것을 의미한다. 다른 선택의 여지는 없었다. 이내 응급실로 걸음을 옮겼다.

정신과 응급 진료가 불가능하여 안정제 처방은 불가능할 수 있다는 안내를 받았다. 일단은 신체상 증상만을 조절해 보기로 했다. 그러나 몸이 안정을 찾아가자 정신은 더 나불 대기 시작했다. 자살 사고에 절여져 다른 생각을 할 수가 없었고 불안감은 눈덩이처럼 불어났다. 결국은 향정신성의 약품인 디아제팜을 조심스럽게 요청했다. 의존성이 있는 약물이라는 의사 선생님의 말씀이 괜히 마음을 찔렀다. 마치 나약한 인간이라고 말하는 것만 같았다. 그러나 수액이 떨어지는 것을 보며 점점 나른하게 늘어지는 신체를 따라 마음도 느슨해졌다. 정신이 흩어지며 자살 사고도 함께 옅어졌다.

수납을 하고 나오는 길에는 배가 고팠다. 자정을 넘긴 시간이었다. 나는 여전히 불안정하고 작은 흔들림에도 크게 휘청이는 사람이었지만 하루를 넘길 수는 있었다. 그렇게 계속 살아가야지, 다짐했다.

응급실에 가기 전에 할 일

최근 법이 개정되면서 병원을 찾기 위해서는 신분증이 필수가 되었습니다. 잊지 말고 챙기도록 합시다. 정신과 응급 진료에서는 대부분 비해당이지만, 가능하면 챙겨 먹고 있는 약들도 전부 챙기는 것이 좋습니다. 이는 응급실에서 급하게 입원 치료로 바뀌게 되는 경우 필요하게 됩니다. 처방전이나, 처방 약 이름이 적혀 있는 약봉투를 챙겨도 좋습니다.

정신간호학에서는 불안 수준을 4가지로 나누는데, 신체 증상이 나타나지 않는 경한 불안에서부터 중등도 불안과 중증 불안, 즉각적인 중재가 필요한 공황(panic)에 이른다.

그렇다면 공황 발작이라고는 어떻게 알 수 있을까. 다음 중 이인증, 비현실감과 같은 정신 증상을 포함하여 신체적, 인지적 증상으로 4가지 이상을 나타낼 때 공황 발작이라고 한다.

(1) 말초 증상 : 춥거나 화끈거리는 느낌, 지각 이상
(2) 복부 : 오심 또는 복부 불쾌감
(3) 자율신경계 : 떨림, 발한, 어지럽거나 쓰러질 것 같은 느낌
(4) 정신 증상 : 이인증, 비현실감
(5) 흉부 : 숨이 가쁘거나 답답한 느낌, 숨이 막히거나 질식할 것 같은 느낌, 흉통 또는 흉부의 불쾌감
(6) 심장계 : 심계항진, 빈맥

공황은 특정 대상이나 상황에 직면했을 때만 나타나는 공포감과 차이가 있다. 특별한 기질적 원인이나 생활을 위협하는 실제적 자극 없이, 예기치 않게 반복되는 1회 이상의 공황 발작이 있을 때, 공황장애라고 할 수 있다.

이러한 공황장애에서는 공황 발작이 일어날 것이라는 걸 상상만 해도 불안감이 증가하는 예기불안이 나타나거나, 심각한 부적응적인 행동의 변화가 발생하기도 한다. 그 빈도와 심각도는 다양하고, 발작의 빈도는 짧아지거나 길어지며 수년간 지속될 수 있다.

공황 발작이 나타났을 때는 즉각적인 중재 및 대상자의 안전과 안위를 보호하는 것에 주안점을 두게 된다.

조용하고 안전한 장소는 불안을 감소하는 데 도움이 되고, 비밀을 보장해준다. 또한, 공황 발작 시 심리적 지지 체계가 될 수 있는 대상자와 함께 있는 것도 도움이 될 수 있다.

심리적 중재뿐만 아니라 신체적 중재가 필요한 경우도 있는데, 과호흡으로 인한 호흡성 알칼리증이 그 예시이다.

이때는 검은 봉지가 없다면 두 손을 모아 입을 가려서라도 심호흡을 하는 것이 필요하다. 이를 통해 이산화탄소를 재흡수하여 알칼리증을 완화할 수 있다.

공황장애 역시 불안 관련 장애의 일종이기 때문에 필요시 약을 처방 받을 수도 있다. 이때 사용되는 약물은 항불안제, 항우울제, 베타 수용체 차단제가 있다. 베타 수용체 차단제는 간단히 말해 불안의 생리적 증상을 감소시키는 것에 적응증이 있다.

나 같은 경우, 공황 발작 상태가 심할 경우 시야까지 아득해져 아무것도 보이지 않게 된다. 그렇기 때문에 자리에 주저앉아, 귀와 눈을 가리고 심호흡을 하는 이완 요법으로 상황에 대처한다.

이미 지구상에 자리 잡은 이상 내가 홀연히 사라지는 방법은 존재하지 않았다. 공백으로조차 남지 않고 원래부터 없었던 것처럼 말끔히 지워지는 것은 나의 오랜 소망이었다.

중환자실에서 근무하는 동안 약물 과다 복용으로 온 환자들을 종종 보고는 했다. 며칠 동안 약에 취해 제대로 정신을 차리지 못했다. 그래서 침대 밖으로 벗어나려 한다거나, 수액 바늘을 뽑는 등의 불안정한 행동으로 인해 보호대를 적용하고 있는 경우가 대부분이었다.

새벽 근무 중 문득 바라본 어떤 환자는 머리를 푹 숙이고는 넋이 나간 듯 앉아 있었다. 간호 정보 조사지에 보호자로 등록되어 있던 그의 배우자는 자신과 연을 끊었으니 연락하지 말아달라고 했다. 그가 어떤 인생을 살아왔는지 알 수는 없다. 그러나 인생의 끝이 저토록 허망할 수 있다면 삶의 이유란 무엇인지 알 수 없다는 생각을 했다.

나는 어떻게 죽을까. 오래 앓지 않고 한 번에 죽고 싶었다.

마주 달려오는 차를 보면 부딪혔을 때 바로 죽을 수 있는 속도인지 속으로 가늠해 보고는 했다. 기차역 플랫폼에 앉아 있을 때면 선로에 떨어지고 싶다는 생각이 떠올랐다. 바다에 발을 담갔을 때는 잔잔히 파도치는 모습을 보며 천천히 걸어 들어가고 싶었다. 물론 단 한 번도 시도해본 적은 없었다.

마지막으로 약을 모으기 시작했다.

일부러 모았던 것은 아닌데, 몇 번 깜박하고 먹지 않은 약들이 작은 반찬 통 하나를 가득히 채우게 되었다. 언젠가 그것을 남자 친구에게 들킨 적이 있다.

"약은 함부로 버리면 안 되잖아. 나중에 약국에 갖다줘야지."

태연한 얼굴로 거짓말을 했다.

죽고 싶을 때면 그것을 꺼내어 몇 정이 되는지 헤아려보고는 했다. 검색을 해보니 내가 먹는 약들은 자살 시도에 꽤 효과적인 것들이라고 했다. 조금만 더 모으면 확실하게 죽을 수 있을까 싶어 먹지 못한 것들을 열심히 한두 알씩 모아왔다. 어떤 날에는 유서를 쓰기도 했다. 한 번에 확실하게 죽을 것이라는 어떤 다짐이었다. 충동적인 결정이 아니라고 증명하고 싶었던 것도 같다.

오랜 시간 부엌 찬장에 자리 잡고 있던 그것을 털어내게 된 것은 큰 계기가 아니었다. 단순히 이사를 하게 되면서였다. 짐을 싸던 중 눈에 띈 반찬 통의 뚜껑을 열어 색색의 알약들을 바라보다 별거 아닌 듯 정리를 했다.

나는 여전히 자기 전 약을 먹고 누워서는 딱 한 봉지만 더 먹으면 마음에 평안이 찾아오지 않을까 생각하는 날이 있다. 그러다 어느 순간이 되면 그 모든 것을 별거 아닌 듯 툭 털어버릴 날이 오지 않을까.

72

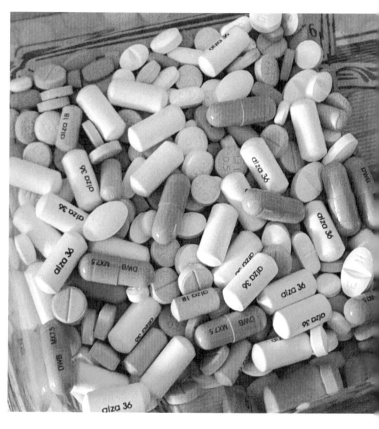

공백으로조차 남지 않고 원래부터 없었던 것처럼 말끔히 지워지는 것은
나의 오랜 소망이었다.

유서, 그 비슷한 거

 정신 질환을 앓다 자살하는 대상자의 사인(死因)은 외인사가 된다. 외인사란 병사(病死) 이외의 죽음을 의미한다. 이상했다. 질환을 앓다 죽은 것인데 어째서일까?

 종종 유서를 쓰고는 했다. 이는 절대 충동적으로 죽은 것이 아니라는 것에 대한 증명, 앓다 죽어버린 사람의 외침 같은 것이었다. 그러다 얼마 전에는 퇴고를 거듭해 유서를 완성했다. 아직 명확한 자살 계획은 없다. 그러나 사망률이 높은 질환에 걸린 사람이 미리 영정 사진을 찍어 두는 것과 같았다.

나의 장례식에 대해 상상해 보기도 했다. 생각나는 이름들이 몇 있었다. 그들에게 한 장의 편지를 남길까 고민하다 그만두기로 했다. 편지를 받으면 장례식에 꼭 와야만 할 것 같은 느낌일 것 같아서. 나는 내 장례식을 찾는 걸음이 적어도 괜찮을 것 같다.

이는 내가 그토록 바라던 온전히 축복받는 날이다. 나는 세상 속에서 여백의 존재가 되고 싶었다. 그렇기 때문에 장례식에 찾아오는 이가 없더라도 고요한 적막 속에서 미련 없이 발길을 재촉할 수 있을 것 같다. 마음으로 생각만이라도 해준다면 내가 원하는 방식으로 추모되고 있겠거니 할 수 있을 것이다. 남은 이들에게는 어떤 마음으로든 죄송할 따름이다.

그냥, 그렇게 되었구나 해주었으면 한다. 그럼에도 마냥 정신병자로 보이고 싶진 않은 게 사람 마음인가 보다.

저는 꽃을 좋아해서 식물을 길렀고, 10여 년 된 귀여운

강아지와 살았습니다. 좋아하는 가수의 콘서트에 가보는
것이 꿈이었어요. 기억하지 않으셔도 괜찮습니다.

간호사의 내면 일지

병원과 상담센터의 기록

2

2023년 6월에 처음 진료를 봤으니 따지고 보면 병원에 다닌 총기간은 길지 않다고 생각한다. 그러나 짧은 기간 동안 종합병원부터 의원까지 병원을 자주 옮겨 다녔다.

사람들이 정신과 의사에 대해 어떤 이미지를 갖는지 또는 바라는 이상향이 있는지 궁금하다. 나는 기본적으로 상담 시간이 길기를 원했다. 최근에는 무슨 일이 있었고, 기분이 어떠했으며 잠은 잘 잤는지 따위의 '대화'를 하고 싶었다.

그러나 정신과는 언제나 사람이 붐볐다. 내 등 뒤에는 또 다른 환자가 나와 같은 초조함을 품고 기다리고 있을지도 모른다는 뜻이다. 그런 생각을 하는 때에는 진료를 볼 때도 시간에 쫓기는 기분이었다. 아무도 시키지 않았지만 간략하게 내 상태를 설명하여 약물에 대해서 논의를 끝마쳐야 한다고 생각했다.

사실 그것은 자연스럽게 시간이 흘러 의사 선생님과 나의 신뢰가 형성되었을 때, 그가 나에 대해 전반적인 파악이 끝났을 때야 가능한 사실이라는 것을 그때는 몰랐다. 내 상태에 대해 간략히 말하기 위해서는 병원에 가기 전까지 잘 설명하기 위한 준비를 해야 한다는 부담감을 가졌었다.

간호사로 근무하다 보면 자신이 어디가 아픈지 잘 모르겠다는 환자들이 종종 있다. 그냥 살아가다 보니 고만고만하게 계속 있던 통증이어서 스스로 차도를 못 느끼게 되는 것이다. 내가 딱 그랬다. 고만고만하게 있던 것들이 원래 그런 것인지, 내가 가진 병 때문인지 구분할 수가 없었다. 무기력한 것인지, 게으른 것인지. 어느 정도의 불안이 평균적인 사람들이 지니고 있는 불안인지. 스스로도 알 수가 없었다.

첫 번째 의사 선생님을 통해서는 나를 정리하는 시간을 가질 수 있었다. 그에게 6회 차 진료까지 받아본 이후로는 어쩌면 당신이 처음 한 말이 맞을 수도 있겠다는 생각이 들었다. 주의 집중 저하가 원인이 되어 우울감이 든다는 것 말이다. 약을 먹으며 우울감과 자살 사고가 줄었는데 실수는 여전히 잦다고 느꼈기 때문이었다. ADHD에는 우울과 불안이 딸려 온다던데 내가 그 꼴이었나보다.

그는 존댓말을 쓰는 날도 있었고 반말하는 날도 있었다. 친절하지는 않았으나 나에 대해 끊임없이 질문을 던졌다. 최근 식욕은 어떠한지, 잠은 잘 자는지 따위의 것들이었다. 처음에는 그 또한 다정 어린 관심이라고 생각했다. 그러나 그 간단한 질문에 대한 나의 형편없는 대답 뒤에는 항상 자괴감이 따라왔다.

형편없는 대답이라고 하는 것은 내 상태에 대해 나조차 제대로 알지 못한 채 내뱉는 말을 의미한다. 의사 선생님의 질문에 끊임없이 머리를 굴려야 했다. '요 며칠 내가 어땠더라?' 그 후로는 병원에 가기 전날에 지난 몇 주간의 내 상태에 대해 메모장에 정리해서 갔다. 그러나 나는 여전히 나를 잘 설명하지 못했고, 나 자신을 표현하는 것이 어려웠다. 예상한 질문에서 벗어났을 때는 잘 모르겠다는 대답을 겨우 방패 삼아 꺼내어 들었다.

다음 상담은 좀 더 잘해봐야지 늘 다짐했다. 그러려면 매일 스스로를 돌아보고 점검할 필요성이 있었다. 그러나 내게는 삶을 살아가는 것만으로도 벅차서 그럴 만한 기력까지는 없었다. 이내 내 상태를 정리하는 일도 그만두게 되었다.

문득, 약 처방전에도 내 질병 코드가 적혀 있지 않다는 것을 깨달은 날이 있다. 그제야 나는 나의 진단명조차 모른다는 것을 깨닫고 진단 코드가 궁금해졌다. 또한, 끊임없이 키보드를 두드리던 모니터 너머 의사 선생님의 생각이 알고 싶었다. 나는 4만 원 후반대의 돈을 지출하고서 약 20장 분량의 의무 기록 사본과 진단서를 발급했다. F321 중등도의 우울병 에피소드, F900 과다활동성 주의력 결핍 장애, F410 공황 발작. 나열된 단어들을 보며 다시금 나의 상태 값이 정리되는 느낌이었다. 생각해 보면 그는 심리검사지 결과에 대해서도 간략하게만 설명해줬었다.

"본인이 체크한 것으로는 많이 우울하고 많이 불안해요. ADHD도 의심스럽기는 한데, 일단은 우울증이 더 커서. 우울한 걸 해소를 해야 나머지를 잡을 수 있을 것 같아요."

그러고는 곧바로 다음 질문으로 넘어갔다. "혹시 폭식 이런 건 안 해요?" 하고.

그렇게 첫 정신과를 5개월 동안 다녔다. SSRI계 정신과 약물은 약효가 나타나는 데 최소 6개월은 걸린다고 배웠다. 그러나 나는 그 기간을 참지 못했다. 여전히 나는 무기력하고 아무것도 하지 않는 시간에 불안감을 느꼈다. 지속적으로 내 존재가 사라졌으면 좋겠다는 생각과 함께 종종 자해를 했다. 한동안 잠을 잘 자는 때도 있었지만 대부분은 얕은 수면을 취하고 1~2시간 간격으로 깨고는 했다.

ADHD를 중심축으로, 우울과 불안이 한 주기로 내 인생이 돌아가는 것만 같았다. 그래서 정신과를 옮겨보기로 했다.

병원 홈페이지를 통해 인터넷 예약을 했다. 며칠 후 외래 간호사 선생님을 통해 예약 확인 전화가 와서 지참해야 할 서류 목록을 읊어주셨다. 다행스럽게도 이전에 호기심에 떼어본 서류들로 그것들을 대신할 수 있었다. 예약일이 되자 헛웃음이 나왔다. 내가 또 충동적으로 굴었다는 것을 깨달았기 때문이었다. 그래도 병원에는 갔다. 이전 병원에서 처방 받은 약이 소진되어서 어쩔 수 없었다.

두 번째 병원은 내가 근무하는 곳이었다. 이제는 나름대로 진료를 몇 번 받아봤다고 내성이 생겼는지 대기 시간이 초조하거나 불안하지 않았다. 같은 병원에 근무하고 있었지만, 의사 선생님의 얼굴은 진료실에서 처음으로 보았다. 나는 사람 얼굴을 잘 못 외우므로 확실하지는 않지만 아마도 맞을 것이다. 그에 대한 첫인상은 내가 가진 정신과 의사에 대한 이상향과 꽤 밀접한 사람이라는 것이었다.

진료는 의사 선생님이 의무 기록지를 살펴보며 질의응답을 하는 식으로 이루어졌다. 이전 의사 선생님 앞에서는 항상 하고 싶은 말의 50%밖에 못 하는 기분이었는데, 이번에는 80%는 해낸 것 같았다. 그곳에는 내가 충분히 말을 할 수 있도록 기다림이라는 것이 존재했다. 이상적인 의사 선생님의 모습에 이상하게도 되레 눈물은 나지 않았다.

잘 오셨다는 마지막 한마디조차 따뜻하게 느껴져 진료실을 나오는 길에 몇 번이고 그 문장을 곱씹었다. 그렇게 나는 새로운 병원의 환자로 다시 자리를 잡았고, 약도 조금 바뀌었다.

나는 항상 실수에 대한 두려움을 가지고 있다. 아무래도 중환자실 간호사라는 직업의 특수성으로 삶보다 죽음에 더 가까운 사람들을 자주 만나기 때문인 것 같다. 대학 생활을 할 때부터 정신과 또는 중환자실 간호사가 되고 싶다는 생각을 했지만, 병원에 입사해 원하는 부서를 작성할 때는 혹여나 내가 사람을 죽이게 될까 봐 망설였었다.

내 입에서 자꾸만 '실수'라는 단어가 나오자 이에 집중적으로 질문을 받았다.

"일하면서 실수를 계속해요?"

"제 생각에는 계속되는 것 같아요."

"불안에 대한 이유가 이렇게 실수를 계속하니까, 또 실수할까 불안한 거예요?"

"아뇨, 그냥. 그 공간에 제가 있어도 되나 하는 그런 불안감이에요."

"일을 제대로 못 해서요?"

"네."

"누가 지적하거나 그런 사람은 없어요?"

"크게 그런 사람은 없고 그냥 저 혼자⋯."

"주변이랑 비교했을 때 본인 실수가 더 많은 것 같아요?"

"그건 잘 모르겠어요."

"그게 중요한 거예요. 실수는 누구나 다 하는 것이거든요. 근데 다른 사람이 두 번 할 때 내가 서너 번 하는 건 큰 차이는 아니거든요. 그거를 비교해 보는 게 중요해요. 잘 모르겠으면 큰 차이가 없을 수도 있죠. 내가 보통 수준인데도 너무 과도하게 생각하는 것일 수 있어요."

객관적으로 생각해봤을 때 그럴 수 있겠거니 싶었다. 그날 하루는 내가 조금 더 스스로에게 다정한 사람이 되었으면 좋겠다는 생각을 품었다.

두 번째 병원에 다니는 동안 중환자실에서 일반 병동으로 부서 이동을 하기도 했다. 환경의 변화에 대해 불안감을 표현하자 위로를 해주셨다. 이 정도는 약을 증량하지 않아도 되는 일시적인 불안이구나 싶었다. 조그마한 바람에도 요동치는 갈대 같은 감정이라 그가 객관적인 판단을 세워주는 것이 좋을 때도 있었다.

상태가 좋지 않을 때는 외래 진료 일정의 간격도 짧아졌다. 며칠이나 됐다고 또 병원에 가는 날이었다. 약으로도 조절되지 않는 자살 사고와 감정들은 언제 끝이 날지 알 수가 없었다. 병원에 정신과 병동이 있었다면 그곳에 입원한 상태로 출퇴근을 했을지도 모른다는 우스갯소리를 했다.

내 감정은 때마다 위아래로 흔들리는 파도 같았다. 너무나 괜찮은 기간을 지내고 나면 이제는 약을 슬슬 줄여나가도 되지 않을지 생각하기도 했다. 이쯤에는 자해를 하는 경우도 그리 많지 않았다. 그러나 금방 바닥 끝까지 내던져지는 기분을 느꼈다. 이에 나는 왜 이러고 있는 것인지, 왜 내 상태를 스스로 못 이겨내는지에 대해 자책했다. 그 과정에서 나의 바람과 달리 약은 더 늘어갔다. 자기 전 약과 함께 아침 약도 먹게 되었다.

3정에서 시작한 나의 정신과 약물은 정신과 8개월 차에 색색이 알록달록한 7정이 되었다. 영원히 나아지지 않을 것만 같았다.

요동치는 내 정신병은 근무하던 병원을 그만두기로 하면서 가라앉았다. 환자를 개떡같이 본다는 말을 들었다. 퇴근 시간이 4시간 경과 한 후에 집으로 돌아간 날도 있었다. 물론 내가 일을 못 했기 때문이었을 것이다. 그러나 드디어 이게 그 유명한 간호사 생활의 '태움'인가, 아닌가에 대해 고민하던 하루들을 끝낼 수 있었다.

그날은 다음 예약을 잡지 않고 진료를 마쳤다. 직장인 병원을 그만두면서 지역을 옮길 생각을 했기 때문에 병원 또한 옮기기로 했다. 잘됐다며, 잘 지내라고. 의사 선생님은 조금 섭섭하리만치 담백한 인사를 건넸다. 이에 나도 처음으로 웃으며 감사 인사를 전했다.

정신과 진료에 대해 막연한 두려움을 가진 이들을 위해, 무슨 대화를 하는지에 대해 개인적인 경험을 나누고자 한다. 초진과 재진 시 대화는 많은 차이가 있다.

우선 진료 시간이 가장 큰 차이인데, 몇 번의 초진을 받아보면서 짧게는 15분 내외에서부터 길게는 1시간까지 진료를 봤다. 이는 의사 선생님이 대상자의 정신병적 기반에 대해 파악하는 시간이기도 하지만, 반대로 대상자가 의사 선생님과 유대감을 형성하는 가장 중요한 시발점이기도 하다. 반면 재진의 경우 초진에 비해 진료 시간이 짧아지는 편이다. 초진과 달리 재진의 경우 '현재 상태'에 초점을 맞춰 진료를 보게 된다. 따라서 진료 시간은 줄어들 수밖에 없다.

두 번째 차이는 대화의 내용이다. 앞서 말했듯이 초진의 경우 의사 선생님과 대상자가 서로를 파악하는 단계에 있다. 그 때문에 대화 내용이 많고 깊다. 진료실 안의 네모난 휴지 갑은 이 순간 빛을 발한다고 생각한다. 그러나 재진의 경우 현재 기분은 어떤지, 밥은 잘 챙겨 먹고 잠은 잘 자는지 따위의 것을 확인하여 약물의 용량을 조절하는 것에 주안점을 둔다.

재진에 대한 예시로 진료실에서 실제로 나눴던 대화를 복기해 가져와 보았다.

나
의사 선생님

안녕하세요.
○ ○ ○ 님, 어떻게 지냈어요?
일하는 동안에는 비슷했고, 쉬는 날에는 오히려 과하게 먹고 자고 울고 했어요.
식사를? 일할 때 오히려 편안했어요?
그렇다기보단 적응이 된 거 같아요. 며칠 전에는 자해도 했어요.
식사는 얼마나 많이 했어요.

평소에는 오히려 한 끼 정도로 잘 안 먹는 편이긴 한데, 쉬는 동안에는 눈뜨면 먹고 그랬어요.

자해는 어떻게 하신 거예요.

칼로….

어디를?

팔에요.

자해는 처음이에요?

예전에, 우울증 초반에 했었어요.

약 잘 먹고 있어요?

네.

집에 남은 약 없는 거죠.

네.

최근에 약 계속 잘 먹었죠?

네.

잠은 어때요?

악몽을 꾸면서 깨요. 아침에 일어날 때요.

몇 시간 자요? 잘 만큼은 자요?

자는 건 푹 자는 것 같아요.

무슨 특별한 일 없었어요?

없었던 것 같아요.

일할 때 좀 불편한 관계는?

있기는 한데, 전에 울면서 왔을 때만큼 힘들진 않아요. 아, 일은 계속하기로 했어요.

이제 적응이 됐나 봐요? 불편한 건 아무래도 일하면서 이것저것 얘기를 들어야 하는 거? 아니면 예전처럼 심하게 하세요?

한 번씩 그렇긴 한데 그건 진짜 제가 잘못했을 때여서….

지적받아야 하는 걸 알면서도 힘들 거예요.

네.

힘들었을 때를 다시 한번만 구체적으로 얘기해줄래요?

제일 최근에 3일을 쉬었었는데, 퇴근하자마자 씻지도 못하고 거실 바닥에 누워서 잠들었다가 일어나서 바로 뭐 먹고 울다가 다시 자고, 마지막 날에 칼로 한 번 긋고….

울 때는 뭐가 제일 힘들었어요.

내가 왜 이러고 있지? 이게 제일 컸고.

어떤 상태?

그냥…. 먹고 자고 이런 상태 자체에서 왜 이러고 있지? 나는 왜 이거를 못 이겨내지? 이런 것도 있었고.

일?

아뇨 그냥 제 상태 자체요.

가라앉고 그런 상태 자체?

네.

약 좀 추가할게요. 할 수 있는 건 하면 좋잖아요. 좀 더 푹 자게 하는 약 추가로 먹고, 아침에 항우울제 혹시 불편하면 드시지 마시고요. 다음 주에 뵐게요.

네. 감사합니다.

다가오는 진료 시간이 두려울 때는 아래의 세 가지 정도
는 준비하여 갈 수 있기를 추천한다.

(1) 최근의 상태 변화

기분이나 식욕, 수면의 질과 같은 몇 주간의 상태 변화가
있었을 것이다. 이는 약물에 대한 효과가 가장 직접적으로
나타나는 부분으로, 약물 용량 조절에 큰 영향을 미친다.

(2) 특별한 이벤트

사건, 사고와 같이 정서에 반영될 수 있는 최근의 이벤
트에 대해 생각해 보자. 이는 자신의 상태 변화에 영향을
미쳤을 가능성이 있다. 이 역시 약물 용량 조절이 필요할
수 있다.

(3) 약물에 대한 반응

약에 대한 반응으로 무조건 긍정적인 변화만 있는 것은
아니다. 약용량이 내게 부족하여 작용이 잘 느껴지지 않는
경우도 있고, 약효를 감안하더라도 감당하지 못할 부작용

이 나타날 수 있는 것들도 많다.

　지역을 옮기려던 계획이 늦춰지면서 소진되어가는 약을
처방 받을 곳이 필요했다. 그러나 사직한 직장에 가는 것이
싫었고, 마지막인 것처럼 인사했는데 다시 찾아가는 것이
뻘쭘하여 다른 병원을 찾아갔다. 그렇다, 나는 뼛속까지 내
향적인 인간이었다. 그리하여 이번에는 의원을 찾아갔다.

　이곳은 정신과에 가기로 한 다짐이 한풀 꺾이게 만든 곳
이기도 했다. 무슨 일이 있었냐면, 그날도 우울과 불안에
밤을 지새우고서 정신과에 가야겠다며 충동적으로 집을 나
섰다. 가서는 안 될 이상한 곳에 발을 내딛는 것 같은 두려

움을 겨우 제치고 계단을 올라갔다. 그런데 층을 다 오르기도 전에 계단 너머로 접수 마감이라는 글자가 보였다. 허무했다. 너무 충동적이었다며 차라리 잘됐다는 생각을 하며 돌아서 나왔던 기억이 있다.

사실 처음 정신건강의학과에서 진료를 받은 병원만이 예약 없이 초진 환자인 나를 받아줬었다. 이후에 갔던 다른 병원들은 전부 예약제로 운영이 되었다. 정신과는 대부분 예약제로 운영이 된다는 것을 나는 여러 차례 병원을 옮기고서야 온전히 받아들일 수 있었다.

이번에는 그런 일이 있지 않도록 진료 시작 시간을 찾아보고 정각에 맞춰 갔다. 그런데 들어선 순간 이미 대기 손님들이 줄지어 앉아 있어 의아했다. 알고 보니 1시간 전부터 대기 줄을 서다가 예약 없이 선착순으로만 환자를 받는 곳이었다. 초진 환자는 오후 진료만 가능하다는 안내를 받고 접수를 해두었다가 느지막하게 다시 찾아갔다.

대기실에서 진료실 내부가 보이진 않았으나 문이 열린

채 진료가 이루어지고 있었다. 처음에는 개인적인 이야기가 다루어질 공간이 저래도 되나 싶었다. 그러나 대기하는 동안 다른 환자들의 진료 내용이 전혀 들리지 않아 다시 안심할 수 있었다.

진료실 안은 넓었고 의사 선생님의 책상과 내가 앉을 의자 사이의 간격은 더 넓어 보였다. 목소리가 작은 편이라 내 말이 잘 들리지 않을까 걱정이 들었다. 마치 면접장 같다는 인상도 받았다.

약을 먹고도 입면에 1~2시간이 소요된다고 하자 정상적인 시간이라는 말씀을 하셨다. 약을 먹고도 그 정도 시간이 정상이라는 것이 의아하면서도 당황스러웠다. 약을 먹지 않았던 그날은 잠을 아예 자지 못해 밤을 지새우고 병원에 왔다는 말을 다급히 더했다. 고생했겠다는 답변이 돌아왔다. 오랜만에 나의 비정상을 증명해야 할 것만 같은 이상한 기분을 느꼈다.

가정환경이나 먹고 있던 약물에 대해 문답을 이어갔다. 그에게서는 정신과 상담보다는 내과에서나 볼 법한 '진료'

라는 느낌을 강하게 받았다. 이전 병원에서 의사 선생님들이 종종 내게 반말을 하고는 했는데, 그것과는 다른 종류의 '불유쾌함'이었다. 분위기가 냉담했다거나, 나이 지긋한 어르신의 훈계 같은 분위기는 아니었다. 그러나 나의 이상향과 동떨어진 이곳이 첫 정신과의 경험으로 남지 않아서 다행이라는 생각은 들었다. 만약 그랬다면 나는 의사 선생님과 신뢰를 형성하는 방법을 전혀 배우지 못했을 것이다.

나에게 맞지 않았던 것이지 절대적으로 별로인 병원이었다는 말은 아니다. 실제로 그곳은 지역 커뮤니티 내에서 꽤 유명한 곳이었다. 대기실에는 늘 환자가 가득히 앉아 있었다. 병원을 또다시 옮기게 된 것은 전혀 다른 이유였다. 드디어 재취업에 성공해 지역을 옮기게 되었기 때문이었다.

이번에는 어떠한 후기도 찾아보지 않은 채 병원을 선택했다. 그 기준은 단순히 자취방과의 거리였다. 정신과를 다니다 보면 병원을 선택하는 것에 있어 자신만의 기준이 생길 것이다. 진단명을 알게 된 후로 나에게 가장 중요한 기준은 약을 꾸준히 챙겨 먹을 수 있도록 접근성이 좋은 곳이었다. 유능한 의사 선생님을 통해 나의 상태를 확인한다거나, 긴 시간의 상담 같은 것. 이제는 크게 중요하지 않다고 생각했다. 그렇게 단순히 출퇴근길에 보이던 곳을 새로이 다닐 병원으로 정했다. 그러나 이는 내가 후회하는 결정 중

하나가 되었다.

  초진 시 예약이 필요한 것은 정신건강의학과 대부분의
공통 사항이었다. 하지만 예약일에 찾아간 의사 선생님의
이름을 내건 그곳은 대기 환자가 그리 많지 않았다. 아마
예약을 하지 않고 갔어도 진료를 볼 수 있었을 것 같다는
생각이 들 정도였다. 그 때문에 대기 시간도 길지 않았다.
  그곳의 내부는 아주 옛날의 정신과 의원 같았다. 유행이
지난 지 오래된 꽃무늬 의자와 같은 인테리어에서 풍겨오
는 분위기가 그랬다. 무엇보다 의사 선생님이 환자 차트를
수기로 작성했다. 스테이션 너머로 모든 환자의 진료 정보
가 적혀 있을 종이 파일들이 빽빽하게 꽂혀 있었다. 어떻게
그 많은 종이 더미들 사이에서 알맞은 환자 차트를 간단하
게 쓱 꺼낼 수 있는지 신기하기만 했다. 그래도 여기까지는
모든 게 괜찮았다.

  문제는 진료실에 들어서면서 시작됐다. 첫 진료에서 나
는 의사 선생님과의 신뢰가 완전히 깨져버렸다. 신뢰를 형

성할 기회가 없었던 세 번째 병원과는 다른 그것이다. '진료'와도 거리가 멀게 느껴졌다. 그곳에서는 완전히 취조를 당하는 듯한 느낌에 압도되고 말았다. 불유쾌를 넘어서 불쾌했다. 실망감에 절여져 진료 시간 내내 그냥 약이나 줬으면 좋겠다고 생각했다.

그렇게 받아든 약 봉투는 낯선 것들로 알록달록했다. 원래 먹던 것과 성분은 같은 다른 약이라고 했다. 집에 돌아오는 길에 약명을 찾아봤다. 1.5정을 먹던 약 하나가 1정만 들어 있었다. 신뢰는 더 떨어졌고 실망은 더 커질 수밖에 없었다.

그런데도 계속 그곳에 다닌 건 병원을 전전하는 것에 지쳐 있었기 때문이다. 누군가에게 반복적으로 나의 일생을 소개하는 것은 에너지가 꽤 소모되는 일이다. 과거의 불안정함과 현재의 불안을 그만 되씹고 싶었다. 나의 정신과적 병력이 부정당하지 않을지 긴장을 해야 하는 것도 하루 이틀이나 할 수 있는 짓이다. 주 증상이 무엇이고, 그것이 내게 얼마나 큰 영향력이 있는지를 말하다 보면 내 기분은 그에 휩쓸려 바닥을 기어 다니게 되었다.

　두 번째 진료는 근무 일정 때문에 약이 소진되고 이틀 후에 갔다. 의사 선생님은 다짜고짜 약을 어떻게 먹고 있느냐는 질문을 던졌다. 처음에는 그 의도를 파악하지 못했다. 이어지는 질문을 통해 내가 약을 제대로 안 챙겨 먹고 있지는 않은지 확인하는 것임을 눈치챘다. 그의 화법은 마치 두 손 가득 물건을 구매한 후, 봉투의 필요성을 확인하는 편의점 아르바이트생에게 "그럼 이걸 손으로 들고 가라는 거예요?"라고 말하는 손님을 연상케 했다.

　야간 근무 후 잠 한숨 자지 않고 오후 4시까지 깨어 있던 터였다. 신경이 잔뜩 예민해져 있었기 때문에 불쾌감이 온몸을 감싸안았다. 평소였다면 허허 멋쩍게 웃으며 넘어갈 수도 있었을 것이다. 쌓이고 쌓여온 불쾌함을 표현하자 그는 나의 최근 감정 상태에 대해 물으며 화제를 돌렸다. 그러나 이미 환자의 마음은 병원을 뜬 지 오래였다. 지난번과 같은 개수의 알약이 든 약포를 바라보며 내 상태가 나빠졌을 때 이 의사를 신뢰할 수 있을지 의문이 들었다.

다행인지 불행인지 병원을 다니는 동안 내 상태가 나빠졌을 때가 있었다. 그리고 이에 대해 마음껏 의사 선생님에게 이야기했다. 한 번 불쾌함을 표현하자 이후에는 더 솔직하게 나에 대해 날것의 이야기할 수 있었던 것이다. 그렇게 3개월 정도를 이곳에 다녔다.

하지만 이를 얼렁뚱땅 형성된 신뢰감 따위로 착각해서는 안 된다. 그는 나에게 적절한 의사가 아니라는 걸 안다. 나는 언제든 나의 의지로 의사 선생님을 선택할 수 있다는 것을 기억해야 한다. 나에게 맞는 의사 선생님을 찾는 일은 꽤 중요하다. 의사는 처방전을 휘갈겨 써서 뿌리는 기계가 아니다. 처방 약 그 이상으로 나의 상태 호전에 영향을 주는 요소이다. 이곳을 벗어나고 나서야 그걸 깨달았다.

결국은 또 병원을 옮겼다. 이번에도 역시 후기 같은 것은
찾아보지 않았다. 뭐든 좋으니 '취조'에서만 벗어나고 싶었
기 때문이다.

정신건강의학과 의사 선생님이라면 당연히 공감 가득한
표정과 언어를 사용할 것이라고 생각할 수 있다. 그러나 의
외로 그렇지 않은 경우가 많다. 내가 다니던 병원들도 대개
그랬다.

정신간호학에서 배운 것으로 추론을 해보자면 의료인은
자신을 치료적 도구로 이용하기 때문일까. 의료인이 하는

말은 그냥 말이 아니라 치료적 또는 비치료적 의사소통으로 나뉜다. 비치료적 의사소통 방법으로는 '일시적인 안심' 또는 '조언'과 같은 것이 있다. 그냥 한 번쯤 해줄 수도 있는 것 아닌가 싶은 공감들이 바로 일시적 안심인 경우가 많다.

그래서 그동안 어떤 무뚝뚝한 선생님을 만나도 아무렇지 않았다. 그런데 이번 의사 선생님은 조금 다른 모습을 보였다. 나의 유년시절에 대해 분노하는 것이다.

사실 나도 은연중에는 알고 있었다. 내가 살아온 가정환경에는 폭력이 기저에 깔려 있었다는 것을. 그러나 그걸 가시화하여 입 밖으로 꺼내는 것은 다른 문제였다. 정신과 진료를 보며 이제는 울지 않을 자신이 있었다. 그러면서도 누군들 사용할 것이 분명하다는 듯, 어김없이 놓여 있는 진료실 책상 위의 네모 난 휴지 갑이 눈에 거슬렸다. 되레 오기가 생겨 눈물을 꾸역꾸역 삼켜냈다.

자신과의 진료를 '면담'이라고 표현하는 선생님이었다. 느낌이 괜찮은 선생님이라고 믿고 싶어졌다. 그래서 처음으로 모든 것을 꺼내어 보았다.

"지금은 혼자 살아요?"

"네, 자취해요."

"집 떠나서 사는 건 어때요? 또 다른 외로움이 있어?"

"아뇨, 그냥…. 괜찮은 것 같아요. 엄마가 걱정되는 부분도 있고, 외롭진 않은 것 같아요. 그냥 혼자 사는 게 편한 것 같아요."

"일단 ○○ 씨가 확립되어야 할 부분은, 부모로부터 정서적 독립이에요. 엄마 감정에 따라 내 감정이 휩쓸리면 안돼. 애착 관계가 불안정하니까. 그거로부터 독립이 돼야해. ○○ 씨가 무슨 둥둥 떠 있듯이 뿌리 없는 사람처럼, 공허하다는 느낌이나 하루하루 버텨나가는 것처럼 마음이 힘들 수 있어요. 이러나저러나 엄마 걱정은 덜 해야 하고. 그러려면 이렇게 떨어져 지내는 게 제일 좋아요. 외롭지 않다고 말한 거 봐서는 본인도 무의식적으로 아는 거야. 이미 어머니는 부모로서 하면 안 되는 행동을 많이 하셨고. 이건 다른 이유 다 필요 없이 '부모'이기 때문이에요. 자식으로서 부모 마음을 이해할 수는 있어. 근데 용서가 안 되는 부분이 있을 수도 있죠. 어머니한테 내 속이야기를 잘 못 꺼내죠?"

"네."

"너무 슬프지만, ○○ 씨는 ○○ 씨의 삶을 책임져가면서 꿋꿋하게 살아야지. 힘들겠지만."

마치 내가 삶을 버티고 설 수 있는 기둥을 찾아다니는 이유에 대한 답이 머리에 꽂힌 것만 같았다. 뿌리 없는 사람처럼 둥둥 떠다니는 인생. 그래서였다. 이 사람은 자꾸만 정곡을 찔렀다. 그리고 그게 썩 나쁘지는 않았다.

그는 내게 임상심리상담사에게 정식으로 심리검사를 받아볼 것을 권하였다. 물론 진료를 보는 것도 중요하지만, ADHD 검사를 통해 조금 더 확실히 하고 가는 것이 좋지 않겠냐는 의도였던 것 같다.

일주일 뒤 5분 내외의 진료를 봤다. 그동안 풀배터리 검사를 통해 ADHD 소견을 들었다는 사실을 얘기했다.

"근데 ADHD 약을 안 먹고 있어 보니까…."

"티가 나요?"

"의외로 잘 모르겠어 가지고."

"아, 그래요."

　서로 웃음을 터트렸다. 이어서 아침에 먹는 항불안제도 먹지 않았다는 사실을 고백했다. 그리고 그것 또한 특별히 나쁘지 않았다 얘기했다.

"중요한 건 자기 전에 먹는 약이니까 괜찮아요. 최근에 불편한 건 없었어요?"
"잠을 푹 못 잤어요."
"따로 스트레스를 받거나, 힘든 건 없고요?"

　그렇게 아침 약은 빠지고 저녁 약은 조금 바뀌었다. 항불안제가 빠지자 9정씩 먹던 것이 순식간에 6정으로 줄었다. 성인 ADHD 약이 빠지면서도 일시적으로 약이 조금 줄었다. 이번에도 약에 정착하지 못했다는 사실보다는 먹는 약이 줄었다는 것이 더 기뻤다. 나도 사실은 약 없이도 살 수 있을지도 모른다는 희망. 어쩌면 잘 살아낼 수 있지 않을까 하는 기대감이 차올랐다.

대부분의 병원에서 초진은 예약제로 운영을 한다. 정확한 사유는 알 수 없지만, 아마도 진료 시간이 가장 길기 때문일 것이다. 초진 환자가 예약을 하면 그다음 환자는 넉넉하게 1시간 정도는 뒤로 예약을 잡는 것 같다.

초진의 시작은 근본적인 질문에서 출발한다.

"어떻게 오셨나요?"

나와 같은 기분 장애 환자만이 정신 질환자가 아니다. 그렇기 때문에 모든 초진은 어떤 사유로 왔는지가 가장 첫 질문이다. 그리고 계속해서 질문이 들어온다. 증상은 무엇인지, 현재 가장 힘든 것은 무엇인지, 밥은 잘 챙겨 먹는지, 운동은 하는지.

변칙적으로 보이지만 사실 그들의 질문 목록은 비슷해 보인다. 물론 정말 정신건강의학과가 처음인 경우와 진료의뢰서라도 들고 온 환자의 차이는 있다.

후자는 의사 선생님의 질문 요점이 어느 정도 잡혀 있다는 것이고, 전자는 아주 포괄적인 것에서 질문이 시작된다는 것이다. 그럼에도 어떤 대화를 하게 될지 망설여질 수 있다. 내가 받았던 질문을 공유해본다.

⑴ 식욕

특별히 식이 조절을 하지 않음에도 식욕이 증가하거나 감소할 수 있다. 몇 개월 또는 몇 주 만에 확연한 체중의 변화가 있을 때 유의미한 변화로 본다. 그것이 아니더라도 스트레스성 폭식을 걱정하는 선생님도 계셨다. 나 같은 경우 식욕은 정서에 영향을 받지 않아서, 초진 이후에는 식욕에 대해 잘 묻지 않으셨다.

⑵ 수면

단순히 잠을 많이 자느냐를 묻는 것이 아니다. 어느 정도의 시간이 소요되어야 잠에 들 수 있는지, 수면 지속 시간이 얼마나 되는지, 충분히 자고 일어나 피로감은 없는지 위의 질문을 통해 수면의 양과 질 모두를 중요하게 여긴다.

나에게 약 조절이 가장 많이 필요했던 부분이었다.

(3) 기분

하루 대부분 느껴지는 기분을 묻는 것이 일반적이다. 그 중에서 특별히 느껴지는 정서는 무엇인지 물어보는 경우도 있었다. 자신이 우울증인 것 같은데, 하루 대부분은 긍정적인 정서인 경우여도 괜찮다. 세상에는 조울증이라는 병명도 있으니 겁내지 말자.

그 외에도 본인의 원래 성격, 가정환경 등 내재된 부분에 대해 물어보는 경우도 있었다. 1회 차 이후로는 약물 조절을 위해 현재의 증상에 초점을 맞춘다. 따라서 초진 때 최대한 많은 것을 털어놓고 오는 것이 후회가 덜하다는 이야기를 해주고 싶다.

진료실 앞에 앉아 가만히 내 상태를 들여다보고 있으면 괜히 불안감이 올라온다. 한편으로는 현재 대인 관계 중에서 치료적 관계가 가장 안정적이고 편안하다고 느낀다. 그래서 그런가, 괜찮아진다고 하는 것은 어미 새를 떠나 세상을 날아야 하는 새가 되는 기분이었다. 사실은 내가 낫기 싫어서 꾀병을 부리고 앉아 있는 건 아닌지 의문스러웠다.

"불안감이 깔려 있긴 한데, 그게 정상 수준의 불안감인지 혹은 불안 장애가 맞는 건지 구분이 안 돼요. 아무래도 어렸을 때부터 있던 것이다 보니까."

'아니면 제가 치료를 끝내고 싶지 않아서 그런 걸지도 몰라요.' 목구멍 너머의 말을 삼켰다. 내가 병원을 자주 옮겨 다닌 이유도 어쩌면 같은 맥락일까. 사실 정신병자라는 이름표를 계속 달고 싶은 마음이 있는 건 아닐까. 어떤 게 나아진 것이고, 어떤 게 아픈 걸까. 정신 질환은 그 경계가 어렵다.

"지금 생활에 영향을 미치고, 불안하다고 느끼고 있는 거면 불안이 맞을 거예요."

아침, 저녁으로 항불안제가 다시 추가되었다. 한 차례 안도감이 지나갔다. 불안하면 불안해도 되는구나.

그러다 내가 불안 장애 환자라는 것을 다시 상기하게 된 사건이 있다.

근무 중에 공황 발작이 온 것은 오랜만이었다. 전원을 가기 위해 준비를 마친 환자를 휠체어에 태우고 낙상이 발생하지 않도록 지켜보던 중이었다. 불안함이 있을 요소가 전혀 없는 상황이었다는 뜻이다.

어느 순간 공황 발작 전조 증상이 먼저 나타나면서 예기불안이 불안감을 키웠다. 그러는 와중에 환자의 전원 준비가 끝이 났다. 흐려지는 시야를 애써 모르는 척, 보호자의 자차까지 환자 이송을 돕기 위해 휠체어를 밀었다. 지하 주차장까지 내려가는 그 시간이 마치 천 년은 되는 것 같았다. 환자 이송을 마치고 다시 중환자실로 돌아왔을 때에는 온몸이 식은땀으로 젖어 추위를 느꼈다.

최근 공황 발작이 있었다고 얘기하자 선생님은 필요시 약을 처방해줄 수 있다고 하셨다. 그러나 필요시 약을 근무 중에도 항상 상비하고 있는 것은 어렵다. 게다가 나의 공황 발작은 자주 있는 이벤트가 아니기 때문에 거절했다. 대신해서 불안 관련 약이 증량됐다. 어쩌면 나는 나아짐에 대한 강박이 있을지도 모르겠다는 생각이 들었다.

심혈관계 질환자가 담배를 피우거나, 의식이 명료한 환

자가 자신은 중환자실에 있을 사람이 아니라고 외치는 것. 이와 내가 하는 행동이 얼마나 다를까 싶어졌다. 그렇다. 나는 병식이 약한 질환자였다.

정신건강간호학에서는 병식에 대해 6단계로 나눈다. 1단계인 완전히 병을 부인하는 것에서부터 6단계, 정서적인 인식과 함께 이로 인해 행동의 변화를 가져오는 완전한 병식에 이른다.

나는 어디쯤 서 있는가 생각해 보면 아직 2단계 내지는 3단계에 이른 것 같다. 나도 내 질환을 올곧게 마주 봐야만 나아갈 수 있지 않다는 것을 안다. 그러나 역시 이론과 실제는 다르다.

　절대 가지 않을 것 같던 곳을 가게 되었다. 그 이유는 금전적인 문제 때문이었다. 심리상담 비용은 보통 1회에 10만 원 전후로, 사회 초년생이 감당하기에는 비싸다고 생각했었다. 그럼에도 가게 된 것은 망할 충동성 때문이었다. 정확한 심리검사가 필요할 것 같다는 소견을 들은 후 홀린 듯 그것에 대해 계속 생각했다. 당장에라도 하지 않으면 안 되는 숙제를 받은 것처럼 초조해져서 가까운 심리상담센터에 갔다.

첫 상담에서는 정신건강의학과 초진과 비슷한 과정을 거쳤다. 나의 유년시절은 어떠했는지, 현재는 어떤 부분이 가장 힘든지 등. 눈물을 삼켜내며 그 모든 것을 토해내듯이 꼭꼭 씹어 뱉었다. 그러다 자살 사고까지 대화가 흐르자 결국 눈물도 삐죽 나왔다. 그 과정은 몇 번을 반복해도 적응이 되지 않았다. 의문이 들었다. 이렇게 한다고 내가 '평범'해질 수 있을까? 평범하다는 게 대체 뭔데. 그래도 일단 심리검사까지는 받아보자는 생각을 했다.

두 번째 방문에서는 풀배터리 검사라는 것을 했다. 1시간 반 정도의 시간으로 나에 대해 얼마나 알 수 있을지 여전히 의구심을 품었다. 그러나 내가 붙잡을 수 있는 것은 더 이상 없었다. 할 수 있는 일이라면 뭐든 해보고 싶었다. 이러다 사이비에도 빠질 수 있겠다는 웃음기 빠진 농담을 삼켰다.

세 번째 방문에서 심리검사 결과를 들었다. 내가 생각하고 있었던 부분들이 정리된 단어와 문장으로 돌아왔다. 감정이나 성격적인 부분은 사실 어느 정도 예상했던 것들이었다. 그래서 듣는 내내 자조적인 웃음만 나왔다. 결과를 들어보니 어떤 것 같냐는 상담 선생님의 말에 머리를 굴렸다. 내가 정말 고장 난 사람 같다는 생각이 떠올랐다. 그 말을 뱉자마자 또 눈물이 흘렀다. 선생님은 자연스럽게 내 앞으로 휴지 갑을 밀었다.

10회 차까지 상담을 받아보기로 했다. 여전히 의구심은 남아 있었지만, 나는 그렇게 해서라도 살아내고 싶었다.

정신과에 가면 심리검사를 통해 정확한 검사가 필요하다고 했고, 상담센터에 가니 내게 약물을 꾸준히 먹으라고 했다. 정신과 진료만 받으면 됐지, 심리검사나 상담은 왜 필요한가에 대한 의문이 있었다.

나는 심리검사를 통해 ADHD가 맞는지, 그저 나의 지능 수준이 평균 이하인지 알고 싶었던 것이 상담센터를 방문한 가장 큰 이유이다.

검사를 하다가 선생님께 여쭤봤다. '제 과거력은 많이 깊은 수준인가요? 상담을 받는다고 나을 수는 있을까요?' 이에 대해 선생님은 다음과 같이 답변을 해주셨다.

"약물은 증상을 즉각적으로 완화하는 역할을 하잖아요. 그런데 과거력이 이렇게 해소가 안 되는 상태에서 살아가면 나에게 계속 영향을 줄 수 있어요. 그래서 상담도 분명히 필요한 부분일 것 같아요. 어떤 느낌이냐면, 과거의 어린 나에게 끌려간다고 하나. 이런 것을 약물로 인지 효율성과 집중력을 올리고, 근본적인 해소는 상담을 하는 거예요. 그렇게 장기적으로 내 과거 경험을 해소하는 것이 완화에 도움이 되지 않을까요."

"과거력에 대해서는 주관적인 거라서. 제가 말씀드리고 싶은 것은, 단순하게 이혼 가정은 많아요. 그런데 성인기에 우울한 것보다 어렸을 때 적절한 양육을 받지 못했을 때, 성장기에 정서적으로 안 좋은 영향이 축적되었을 때 해소해야 할 것이 더 많은 거죠. 과거력이 깊다고 단정 지을 수는 없어요. 성인기에 와서 우울한 거에 비하면 시간이 조금 더 필요할 것 같다고 하면 이해되실까요. 정도의 차이는 없고, 과거력이 어릴 때부터 영향을 받았다고 무조건 치료가 길어지는 것도 아니에요. 자의에 의해 빠르게 회복될 수도 있으므로. 다만, 그냥 사는 것보다 적극적인 치료를 받았을 때 마음이 더 가벼워지겠죠."

한마디로 상담은 과거를, 약물은 현재를 치료하는 것이

라는 말이었다. 그렇게 다가올 미래를 살아내기 위해서.

우선 내가 가장 궁금해하던 지능 수준은 평균이라고 했다. 혹시 내가 ADHD가 아니라 단순히 지능이 낮은 것은 아닐까 하는 걱정은 한숨 덜 수 있었다. ADHD에 대해 시각과 청각의 항목으로 나누었다. 나는 시각보다는 청각에서 외부 자극에 의해 주의 집중력이 쉽게 분산되고 부주의하다는 소견이 나왔다. 나는 정식으로 ADHD일 가능성이 매우 높다는 소견을 들은 것이다.

MMPI 검사에서는 우울과 불안에 대해서 중등도 수준의 부정적 정서를 경험하고 있는 것으로 나타났다. 우울 척도에 대해서 주관적 우울, 근심, 정서적 둔감함에 대한 부분이 높다고 했다. 그러나 다행히도 정신운동 지체와 신체적 기능장애에 대한 점수는 높지 않다고 하셨다.

정신운동 지체는 생각을 하기 싫어하는 것, 신체적 기능장애는 수면이나 식사를 하는 게 힘들다거나, 몸을 움직이는 일이 힘든 것이라고 예시를 들어주셨다. 아주 바닥을 기는 상태이더라도 '어쨌든 자살은 안 할 거니까 미래를 생각해서 할 건 해야지.' 같은 생각으로 인생을 견디고 있기 때문일까.

나의 우울 증상으로 볼 수 있는 것이 권태—무기력이라고 했다. 내가 무기력한 것인지 우울을 게으름에 대한 방패로 삼고 있는 것인지 확신이 서질 않았는데, 점수로써 확인하고 나니 마음이 좀 편해졌다.

나는 내 영역 안의 대인 관계뿐 아니라, 그냥 사회적 상호작용 그 자체에 대해 스트레스를 가장 크게 느끼는 편이라고 생각한다. 그에 대해 이유도 알 수 있었다. 반사회성 척도와 정신분열증 척도 모두에서 사회적 소외감이 높은 편이었다. 이는 각각 본인이 사회를 소외하고 있다고 느끼는 정도, 사회가 본인을 소외하고 있다고 느끼는 정도이다. 이런 와중에 편집증 척도에 있는 예민성도 높았다. 예민성은 외롭고, 이해받지 못한다고 느끼거나, 민감한 사람이 높게 나온다고 했다.

쉽게 말해 전자는 타인과의 애착 형성을 회피하고, 후자는 애착 형성 능력이 없어서 이에 대한 슬픔을 느낀다고. 이것이 둘 다 높은 나는 애착 형성 능력은 없으면서 애착에 대해 갈구하는 사람이라는 것일까. 웃기지만 무슨 말을 하고 싶은 건지 너무 잘 알 것 같았다.

아, 이 검사 정확하다. 약간 발가벗겨진 기분까지 들었다.

정신분열증 척도에서 높았던 점수가 '자아 통합 결여—인지적'과 '자아 통합 결여—동기적'인데, 인지적 부분에 대해 찾아보니 '미칠 것 같은 느낌을 경험함'이라는 예시가 있었다.

잠이 오지 않는 새벽이 되면 불안감이 미친 듯이 치솟아 미칠 것 같다는 생각이 들 때가 있었다. 그럴 때면 집 안을 서성이고, 안절부절못하다 벽에 머리를 꽁꽁 박기도 했다. 수면 유도제를 사기 전에는 아세트아미노펜 계열의 약물이 불안감을 완화해 주기도 한다는 말에 주워 먹었다. 그러다 고민 끝에 수면 유도제를 산 후에야 약간의 안정감을 가질 수 있게 되었다. 미칠 것 같다고 느껴지는 순간이 지나고 나면, 스스로도 그 이유를 설명하기 어려웠기 때문에 자각이 잘 안 되었던 것 같다.

기질과 성격을 보는 TCI 검사에서는 기질적인 면에서 호기심이 높으면서도 위험에 대한 걱정도 크다고 했다. 상황 변화에 따른 감정 변화의 폭이 큰 편이며, 성격적인 면에서는 침울한 특성을 나타냈다. 미성숙하며, 감정의 기복이 심한 편일 것이며 부정적인 감정에 압도되기 쉽다는 의미이다. 아울러 긍정적인 감정을 느끼는 때가 적어서 좋은 일이 있을 때조차 긍정적인 정서 반응을 보이지 못하며, 대체로 가라앉은 기분에 젖어 있을 것이라고. 우울감이나 무력감을 잘 느끼고 우울증에 취약할 것으로 보인다고.

그 외에는 굳이 설명하거나 듣지 않아도 왜 높고 낮은지 알 것 같은 것들이었다. 결과에 대한 해석을 알게 된다는 건 내 성격이 형성되는 과정을 이해하게 되는 일인 것 같다. 그로써 마음에 안정감을 가지게 된다고 할까. '아, 내 성격이 이따위인 것은 이래서였구나.' 하는 것만으로 안정감을 품게 된다는 게 우습기도 했다. 그러면서도 나는 여러모로 고장 난 인간이었구나 하는 자각. 그럼에도 고쳐나갈 수 있을까 하는 의문이 함께했다.

저를 다시 소개합니다. 안녕하세요, 고장 난 인간입니다. 그럼에도 살아가고 있어요.

그럼에도 살아가고 있어요.

"좀, 짜증이 났던 거 같아요."

상담을 하면 할수록 더 답답해졌다. 선생님은 내게 끊임없이 질문을 던졌다.

'왜 그런 마음이 들었어요?'

'그게 어떤 감정이에요?'

'짜증이 난다는 게 무슨 의미일까요?'

짜증이 났다는 것 자체로 감정일 터인데 그게 어떤 의미가 있을까.

그렇게 내가 무언가 상황에 대해 얘기하거나, 감정에 대해 말하면 이리저리 분석하는 과정을 반드시 거쳐야 했다. 그것은 상담에서 많은 시간을 소요시켰다. 때로는 그게 내가 할 수 있는 말을 더 하지 못하게 한다고 생각하기도 했다.

왜, 왜, 왜.

'왜'라는 질문이 나를 옥죄어왔다. 그러면서도 착실하게 주어진 질문에 대답하려고 애썼다. 그게 상담 선생님에 대한 최소한의 예의이자, 지성을 가진 인간으로의 책임감이라고 생각해서였을 뿐. 당시에는 다른 의미를 찾지 못했다.

다시 돌아가서, 내가 품었던 짜증이라고 하는 감정은 어디에서부터 왔을까.

"사실 그걸 제가 확인했을 수도 있는 부분이라, 하지 못한 나한테도 조금 짜증이 나고. 그걸 굳이 저한테 온전히 책임을 떠넘기는 거에도 짜증이 나고. 여러모로."

"그 짜증은 후회, 또는 아쉬움?"

또다. 그렇게 짜증에 대한 분석만 10분 이상을 한 것 같았다.

"할 수 있었는데 못 하는 것들에 대한 업무 능력과 관련된 자책이 있어요. 예를 들면, 저보다 경력이 낮은데 더 잘하는 사람이 있죠. 그에 대한 열등감도 느껴지고. 할 수 있었을 거 같은데, 난 왜 못했지? 이런 것들."

그렇게 '이만하면 되지 않았나?' 하는 생각이 들 때쯤이었다. 상담 선생님도 그에 동의하는 듯 말을 정리했다.

"한순간에 여러 가지 생각이랑 기분이 드네. 그 짜증 나는 걸 나열을 해봤는데 어떠세요?"

아차, 하는 마음이 들었다. 순간에는 '짜증 난다.' 하고서 말았는데, 생각보다 마음에서는 더 많은 생각을 하고 있었다. 나는 그 모든 걸 한 단어로 뭉쳐버린 것이다. 그래서 기분이 제대로 해소되지 못하고 응어리져서 하루 이상 지속되는 것이었을까.

일어난 일은 이미 일어난 일이다. 그래서 되돌릴 수 없음을 알고서도 덮으려 할수록 불쑥 솟아나는 마음이 있다. 이를 나무라고 비유했을 때, 가까이서 보면 한없이 높고 짙은 색을 띤다. 그러나 그것을 조금 더 멀리서 바라봤을 때 비로소 다른 나무들과 어우러져 숲이 된다.

그렇게 나는 마음에 마음을 어우러지게 하는 방법을 배웠다. 비록 상담 선생님이 정말로 내게 의도한 것이 맞는지는 잘 모르겠지만.

그러나 그것을 조금 더 멀리서 바라봤을 때 비로소
다른 나무들과 어우러져 숲이 된다.

대인 관계의 어려움에 대해 상담하던 때였다. 나의 기본
적인 경험 부족은 사회생활을 하는 데 어려움을 가져왔다.
어린 시절 하지 못한 것을 성인이 되었다고 곧 잘하게 되는
건 말이 되지 않는다는 것을 안다. 그것이 이미 내 삶의 흔
적인 것을.

사람들은 모두 그들만의 삶의 흔적들이 있다. 그것을 품
에 안고 모여서 살아가는 사람들. 그게 참 신기했다. 분명
그 사람들도 어떤 어려움이 있기는 할 텐데, 어떻게 잘 살
아가고 있다는 점이.

"나 말고는 다 잘 사는 거 같아요? 그렇게 보일 수는 있는데, ○○ 님의 시선이지, 그 사람들도 나름의 고충이 있을 수는 있죠. 다 각기 다른 삶을 사는 사람들이 한 공간 안에 만나서 그분들도 나름대로 뭔가를 가지고 살아가고 있을 거예요."

당연히 사람들은 각자의 삶이 있을 것이고, 그 삶에는 어려움이 함께 있었을 거라는 걸 안다. 그 무게가 어떤 것이든. 그런데 그것이 티가 나지 않는다. 나만 고장 난 채로 삐걱 소리를 내며 살아가는 것만 같다.

"○○ 님은 ADHD가 있다 보니 본인 스스로 걸림돌이 될 수 있죠. 청각 주의력이 힘들다 보니, 선택과 집중을 잘하는 나만의 방식을 연구해야 해요. 이제 일 처리하는 그런 부분도 신경 써야 하는데, 관계까지도 신경 쓰이니까 마음이 더 분산되죠. 휘둘리지 않고 일 처리를 하는 중심이 일단 필요해요."

여전히 알고는 있지만.

상담에서는 조금의 정답도 알려주지 않는다. 인생살이에서도 객관식 선지가 제시된다면 조금은 편하련만. 늘 그 무엇도 제공되지 않는 삶 속을 살아가고 있다는 것이 나는 어렵다. 그렇게 삶의 흔적을 안고 오늘도 살아낸다.

　최근에는 꽤 숨통이 트인 느낌이었다. 물론 기저에 자살 사고는 깔려 있다. 그러나 이는 평생을 걸쳐 생각해온 사고방식이니 한순간에 사라지는 것이 더 이상하다고 치자.

　'나한테 문제가 있다고 생각하기 때문에 정말로 문제가 되는 건 아닐까?'

　모든 사람은 자신만의 삶의 무게가 있을 텐데 나만 그걸 못 받아들이고 못 견뎌낸다는 것이 이상했다. 당연하게도 정신 질환의 진단명이 나만을 위해 존재하는 것은 아니라는 것을 알고 있다. 그러나 세상에서 나만 이러고 있는 것 같았다.

어쩌면 이제는 나도 정상 스펙트럼에 들어선 것은 아닐까 생각했다. 치료적 관계가 가장 안정적인 대인 관계이기 때문에, 의지하고 싶어서 안 괜찮다고 말하게 되는 것일 뿐. 내가 상담과 약이 필요한 정신 질환자가 맞는가에 대한 의문은 계속해서 연기처럼 피어올랐다.

내가 스스로 나아지고 있다고 생각하는 부분은 치료의 종결에 대해 고민하고 있기 때문이다. 어쩌면 나는 이미 정상 상태에 들어선 게 아닐까, 이만큼 치료를 받았으면 나아졌어야 하는 게 맞지 않을까. 그러나 이에 대해 생각하면 불안감이 불쑥 올라왔다. 말로 표현하려니 어려워져서, 또다시 말로 하지 못하고 그저 괜찮은 것 같다고만 뭉쳐서 표현했다.

"나 지금 상태가 특별히 나쁘지 않은 거 같네. 어느 정도가 특별히 나쁜 거지? 난 평생 이렇게 살아왔는데, 어느 정도가 적정선의 우울이고 불안이고 이런 것도 정확히 잘 모르겠고. 내가 상담을 받아야 하는 상태가 맞나? 이것도 궁금하기도 했어요."

"그럼, 뭔가 마음을 단단히 준비시키는 게 필요하겠네요. 어떻게 보면 이게 궁극적으로 중요하거든요."

상담을 하다보면 내가 놓친 생각을 잡아주는 경우가 많다. 내게 지금 필요한 것은 과거를 붙잡은 채 머무르는 게 아니라 앞으로 나아갈 힘이었다.

사실 ADHD만이 아니라 우울이나 불안 또한 스펙트럼이 존재한다. 그 안에서 어디까지가 경미한 우울이고, 어디부터는 중등도의 우울감이며 하는 것을 구분할 수는 없는 법이다. 사람은 살아내는 하루 속에서 기분이 시시때때로 흐르기 때문에. 상담 선생님은 빙긋이 웃으며 말씀하셨다.

"상담을 통해서는 궁극적으로 자기 이해를 하고, 자기를 알고, 그다음에 중심을 잡아가고. 관계에서 자기로서 있을 수 있고. 그런 게 가장 중요한 거 같아요."

　마음으로 받아들여지지는 않지만, 머리에는 그 말이 박
혔다. 인생을 살아감에 있어 나 자신을 잃지 않는 법. 나는
그게 필요해 상담을 지속하는 것이었다. 정답을 제시해 주
진 않지만, 이토록 친절한 관계 속에서.

　너무나 편안한 침대 속은 되레 나를 불안하게 한다. 언젠
가는 자리에서 몸을 일으켜 바깥으로 나가야 한다는 사실
을 알기에. 그러나 이는 사회를 살아가고 있으므로 필연적
으로 해야 하는 일이다. 나는 그걸 준비하기 위해 상담을
계속하기로 했다.

어렸을 때는 무던하고, 순응하고, 말 잘 듣는 아이. 그게 긍정적인 평가라고 생각했다. 그러나 자라면서는 나 스스로 사실은 예민한 사람이라는 걸 깨달아갔다.

"예전에는 남들에게 착하고 잘하는 긍정적인 말을 듣다가, 스스로 예민한 사람이라는 걸 알았다는 것에 대해서요. 어떤 게 '나'인 거 같으세요?"

사실 원래도 예민한 것이 맞았을 거다. 아무리 생각해도 나는 그다지 무던한 사람은 아니다. 모든 것을 예민하게 느끼는 것 같다. 그런 예민한 나의 삶과 순응적인 옛날의 삶에서 오는 격차가 지금의 혼란스러운 나를 만든 건 아닐까 하는 생각을 했다.

어떻게 보면 삶에 반전이 일어난 것. 그래서 스스로한테도 반발심이 들지 않았나 싶다. 그러자 옛날의 내가 안타깝다는 생각이 들었다. 어떻게 이렇게 살았을까, 이토록 예민한 내가. '착하고 말 잘 듣는' 나한테 누가 ADHD라고 할 수 있었을까.

"엄청나게 애쓰셨을 것 같다. 청각 주의 집중이 흐린데, 이게 가능했다니 놀랍지 않아요? 그 정도로 뭐가 중요했기에 하지 않았을까요?"

상담 선생님이 던지는 물음표는 때때로 내게 위로가 되기도 했다. 이번에는 인정 욕구가 받아들여진 느낌이었다. 사랑받고 싶고, 인정받고 싶었던 어린 나에 대한 뒤늦은 위로였다.

"어릴 때는 그런 게 있었어요. 콩가루 집안에서 자란 애는 콩가루 집안의 어른으로 자란다는 말을 들어서. 나는 그렇게 안 되어야겠다, 나는 되게 바르게 자랄 거야."

지금도 그 가치관 하나는 바르게 잘 세웠다고 생각한다. 나 자신을 바르게 세우고 사는 삶에 대한 긍정 의식. 오늘의 상담은 재미있었다. 삶을 살아가는 과정에서는 나는 어떠한 사람인지에 대해 가시화해서 객관적으로 바라보는 시간은 잘 허락되지 않는다.

"마음의 변화나 기본적인 성향에 대해 이해가 되었던 거 같아요. 이런 삶을 통해서 간호사까지 되셨어요. 그런데 나는 멀리 가지 못하고 여전히 내 삶에 대한 비슷한 맥락의 고민을 하는 거 같은데, 오늘 어땠어요?"

"멀리서 보면 비극이고 가까이서 보면 희극이고. 그래서 오늘 얘기하는 게 재밌었나? 하는 생각이 들어요."

험난한 삶 속에서 어떻게 스스로를 바르게 세울까. 나는 그저 사랑받고 싶었던 작은 아이였을 뿐인데. 예민하고 사회에 부적격인 지금의 나도 누군가의 사랑을 받을 수 있을까.

사랑받고 싶고, 인정받고 싶었던
어린 나에 대한 뒤늦은 위로였다.

괜찮은 사람이고 싶어요

마음에 대한 간호 중재

3

이른 새벽의 겨울, 다시 봄

오랜만에 서점을 갔다. 이른 아침이라 한적한 동네도 좋았고, 조금은 추웠으나 겨울의 차가운 바람 냄새도 좋았다. 기억 속의 서점은 항상 읽을거리가 넘쳐나고 한걸음마다 눈길을 사로잡는 제목의 책들이 즐비했었는데. 이제는 학년별로 놓인 문제집들이 더 많은 것 같아 조금은 씁쓸해졌다.

위로가 되어주는 책, 자존감을 높여주는 책. 그런 책들이 놓여 있었다. 그냥, 그런 거겠지. 다른 사람들도 힘들었던 거겠지. 살아가는 세상이 그런가, 점점 더 그런 시간들에서 살아가게 되는 걸까 하는 생각을 했다. 괜스레 연애소설을

한 권 집어 들어 구매했다.

   한동안 괜찮은 것 같더니 정말 우울한 새벽이 돌아왔다. 되는 대로 흘러가는 인생이 싫고 계획 없이 방황만 하는 혼란스러운 마음이었다. 어떤 것들은 하찮아서 귀엽다고 하는데, 나는 그냥 하찮기만 하다.

   어떤 라디오 방송에서 들었던 이야기가 기억에 남는다. 자신은 30대 남성인데, 경찰이라 평일에 쉬는 경우가 많아 여행을 자주 다닌다고. 연애나 여행 이야기를 주로 하기에 30대의 여유로운 분위기가 부럽다고 했더니, 그 자신도 그렇다고 했다. 20대보다 30대부터의 인생이 더 폭풍 같다는 이야기. 20대 이후로는 학생을 벗어나 각자의 인생을 살아가니까 그럴 것이라 했다. 부러웠다. 나도 30대가 되면 좀 달라질 수 있을까.

   내가 겨울에 태어나서 그런가, 참 시리게 추운 시절들을 보냈다. 겨울이 지나 다시 봄이 오면 좀 따듯한 세상을 맞이할 수 있을까.

적당한 우울감은 나쁘지 않습니다

우울은 무조건 이겨내고 극복해야 할 문제일까요? 사실 적당한 우울감은 삶을 살아가는 데 있어 도움이 되기도 합니다. 좀 더 차분하게 평가를 내릴 수 있도록 감정을 조절하고, 불필요하게 과잉되는 에너지 소모를 감소시키게 되는 것입니다. 누구나 살면서 경험하는 부정적 정서로 인한 적당한 우울감은 건강한 감정 활성화입니다. 한순간에 우울한 기분이 든다고 해서 과도한 걱정을 하는 것이 오히려 더 좋지 않을 수 있습니다. 한순간에 드는 감정에 일일이 모든 의미를 부여하느라 시간을 보내지 말아요. 그러면서도 내 감정을 보듬을 수 있는 균형을 찾아가도록 해요.

되는 대로 흘러가는 인생이 싫고
계획 없이 방황만 하는 혼란스러운 마음이었다.

내 취미의 영역은 대부분 엄마한테 영향을 많이 받았다. 무언가를 쓰거나 읽는 것들 말이다. 식물을 키우는 것도 그랬다. 어릴 때부터 종종 엄마가 식물을 키우곤 하셨다. 그러나 처음부터 식물을 키우고 싶어 했던 것은 아니다. 다른 취미와 달리 '식집사'가 되는 일은 어찌 되었든 한 생명을 책임져야 하는 일이었기 때문이다.

본격적으로 식물의 매력에 빠진 것은 어느 인터넷 글 덕분이었다. 말벌의 소리를 드론에 비교한 재미난 글이 방문을 이끌었다. 그러다 눈에 띈 것이 몬스테라였다. 광량이 많은 곳에 두면 아래에 있는 잎들도 햇빛을 받기 쉽도록, 새로 생겨나는 위쪽 잎은 구멍이 난 상태로 자란다고 했다. 이토록 배려심 깊은 생명이 어디 있는가.

 어버이날 선물로 카네이션 화분을 사던 날이었다. 높이 15㎝도 채 되지 않아 보이는 몬스테라가 귀엽게 놓여 있었다. 얼마 전에 읽었던 몬스테라에 대한 글이 떠올랐다. 어느새 손에는 두 개의 화분이 들려 있었다.

 그 이후로 자취방 안에는 화분이 한두 개씩 늘기 시작했다. 싱고니움, 보스턴 고사리…. 몇 번 죽인 것도 있긴 했지만, 어쨌든 시간이 지나자 집 안이 푸릇해졌다. 어느새 몬스테라는 새잎을 내어주는 것도 모자라 공중 뿌리도 내려서 두어 개의 화분으로 늘어나기도 했다. 그것을 신규 간호사 선생님과 교환하며 로즈마리과 식물도 생겼다.

 잎이 너무 밀집되어서 통기성이 나빠지면 제 향기에 질식되어 죽고 만다는 로즈마리에 대한 소개가 떠올랐다. 로즈마리는 미련한 식물이라고 했다. 그저 많은 향을 보여주고 싶었을 뿐인데 자신의 삶을 버티다 못해 죽고 만다.

식물은 많은 부분에서 사람과 닮았다. 자연에서는 분명 혼자서도 잘 살아가기는 하지만 그 또한 자연이 관리해 주는 무언가가 있기 때문이다. 내가 식물 전문가는 아니지만 물과 햇빛, 통풍까지 손이 가지 않는 부분은 없다고 확언할 수 있다.

내 주변에도 식집사 같은 존재가 있었으면 좋겠다고 생각했다. 그렇다면 나도 그에게 나만의 배려를 보여줄 것이다. 반대로, 나도 누군가에게는 식집사가 되어주고 싶다. 그가 자신이 가진 배려를 한껏 꽃피울 수 있도록. 제 향기에 질식하지 않도록.

제 향기에 질식하지 않도록.

　나랑 같이 살아내자는 말.

　새벽을 지새우던 어느 밤, 밤마다 우울하다는 인터넷 게
시 글을 보게 되었다. 그보다 본문 아래의 후원 광고가 더
눈에 띄었다. 한 아이의 초상 옆에 '나도 안아주세요.'라는
카피가 달려 있었다. 마음이 저릿해져 왔다.

　가만히 들여다보면 모든 순간이 행복한 사람은 없었다.
인생을 열심히 사는 사람도, 밝고 활기찬 사람도 어느 순간

에는 우울을 품었다. 세상에서 내가 제일 우울한 것 같았지만 그건 아니었다.

인간을 우주에서 바라보면 먼지만 한 존재들이라는데, 뭐가 그렇게 조급하고 불안한지 말이다. 지나간 슬픔에 대해 잘 극복한 건지 아니면 무뎌진 것인지 구분할 길이 없었다.

아플 때는 아프다 말하고, 슬프면 슬프다 얘기하고 표현하라며 댓글을 달았다. 아무 말 하지 않고 모든 것을 품어내다 보면 언젠가는 며칠을 앓아도 괜찮은 사람이 된다. 나는 그렇게 괜찮아야만 하는 사람이 되었다. 당신은 그러지 않았으면 좋겠다고 했다.

타인에게 말하지 못할 우울이더라도, 스스로에게는 솔직했으면 좋겠다. 다만 당신에게 바라는 것 하나는 언젠가는 털고 일어나주었으면 하는 것. 어떻게든 견뎌내는 것보다 털고 일어나 다시 걸어가는 방법을 아는 게 더 중요하다. 아무 길바닥에나 퍼질러 앉았다가도 준비가 되면 다시 천천히 걸으면 된다는 걸 알았으면 한다.

당신이 잔잔히 행복하길 바란다. 늦은 오후 집으로 돌아가는 길에 보이는 노을이 예쁘다는 이유로 느릿하게 걸을 수 있는 평안을 갖기를. 멈춰 서서 사진 한 장 찍을 수 있는 여유를 가질 수 있기를. 무엇보다 당신이 누군가에게 행복을 빌어줄 수 있는 사람으로 성장할 수 있기를 기대하고 있겠다.

너무 늦게 자지 말고, 내일 다시 익명의 모습으로 어딘가에서 다시 만나자 약속했다. 그런 때가 있다. 어떻게든 누군가가 살아내 주었으면 하는 때가.

당신이 잔잔히 행복하길 바란다.
늦은 오후 집으로 돌아가는 길에 보이는 노을이 예쁘다는 이유로
느릿하게 걸을 수 있는 평안을 갖기를.

오랜 기간 좋아했던 가수가 신곡을 발매했다. 새벽에 일어나 그의 노래를 듣고 있으니 마음이 벅차올랐다. 하얀 드레스를 입은 그는 눈이 부시게 반짝였다. 조금은 더 살아봐야지, 생각했다. 당신의 존재 자체에서 삶의 이유를 찾는 사람이 있다면 그건 무슨 기분일까. 내가 누군가에게 어떤 의미가 되어본 적은 있을까. 그런 생각이 들었다.

봄이 되면 제주 들판에는 유채꽃이 만발한다. 맑은 웃음이 꼭 그렇게 작은 꽃을 닮은 친구가 있었다. "밥 같이 먹을래?" 그 한마디에 마음이 동했다. 어느새 5년이 넘게 알고 지냈다. 10년이면 강산도 변한다는데, 우리는 어디쯤 왔을까.

들판에서는 잘만 피어나는 유채꽃이라도 당신은 내게 여리기만 한 꽃이다. 꽉 쥐면 짓무를 것 같아서 나는 살살 쥘 수밖에 없다. 바람에 흩날려 내 손을 떠나지 않기만을 바랄 뿐이다.

심리검사를 하면 문장 완성 검사에 진정한 친구란 무엇인지에 대한 문항이 있다. 그에 대해 시간이 지나도 잊히지 않고, 언제든 돌아갈 수 있는 사람이라고 답했다. 언젠가 당신과 주고받았던 편지가 떠올랐다.

'넌 참 나를 살고 싶게 해.'

짧은 한 문장이었지만, 내가 누군가에게 의미가 될 수 있다는 사실에 마음이 벅찼다. 그 뒤로 편지는 드문드문해졌다. 당신도 삶이 바빴을 것이다. 그저 언제든 돌아올 곳이 되어줄 수 있다고 전하고 싶다.

　당신은 나를 몇 번이고 살렸는지 모른다. 내가 단 한순간이라도 당신을 살고 싶게 했다면, 되레 내가 감사하다는 마음을 품을 것이다. 그 이상으로 내가 할 수 있는 일은 없을 것이다.

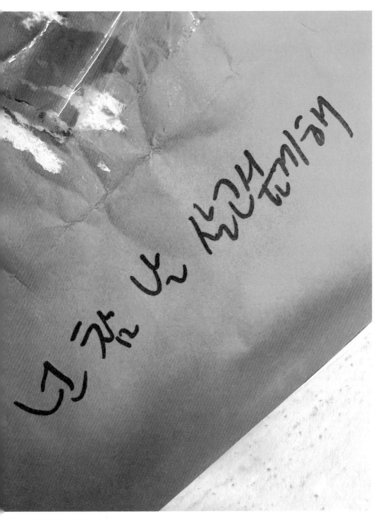

언젠가 당신과 주고받았던 편지가 떠올랐다.
'넌 참 나를 살고 싶게 해.'

'검은 개'를 우울증으로 묘사하는 경우도 있다. 우울증을 품고 사는 나는 우습게도 실제로 검은 강아지와 함께 살아가고 있다. 나의 작고 늙은 검은 강아지는 2013년 12월경 태어났다고 한다. 이제는 희끗희끗하게 보이는 하얀 털들이 그의 세월을 증명한다.

인생의 선물 같던 그 아이가 나타난 것은 내 생일을 앞두기 며칠 전이었다. 집으로 돌아온 엄마의 손에는 갈색의 상자가 들려 있었다. 그저 짐이라고 생각해 그것을 받아 들며 다녀왔냐는 인사를 했다. 어떤 생명이 들어 있다고 하기에는 너무나 가벼운 무게였다.

아직도 그 순간이 생생하게 떠오른다. 상자를 열자 작고 검은 강아지가 머리를 불쑥 내밀었다. 우습게도 가족 중에는 동물을 좋아하는 사람이 없었다. 그 말은 즉, 온전한 나의 아이였다. 작은 강아지는 내게 너무나 소중해 며칠 동안이나 이름 없이 지내야 했다. 그러다 고심 끝에 칠흑같이 어두운 까만 털을 따라 이름을 지었다.

언젠가 또 눈물을 흘리며 잠자리에 누웠던 때가 있었다. 나의 베개를 제 침대 삼아 누워 있던 강아지의 몸 위에 귀를 대어봤다. 작은 심장이 열심히 콩닥콩닥 뛰고 있었다. 성견이 되었음에도 4kg이 채 되지 않던 나의 작은 강아지는 살아 움직이는 것 자체로 새롭고 신비로웠다.

당신을 살게 하는 무언가가 있는지 질문을 던지고 싶다. 나에게는 이 작고 늙은 검은 강아지가 삶의 이유이다. 적어도 이 아이가 살아 있는 동안에는 나도 살아야겠다고 다짐했던 밤이 있다.

　청소년기를 지나서, 속된 말로는 대가리가 큰 이후 제대로 된 다정함을 경험한 것 같다. 그즈음이라고 하면 이미 형성될 만한 것들은 거의 다 만들어진 후였다. 그 사이를 비집고 또 다른 것들을 채울 자리는 많지 않았다.

　나는 그렇게 생각한다. 크림 브륄레라는 디저트를 먹어보지 못한 사람은 크림 브륄레의 맛을 설명할 수 없다. 음식도 먹어본 사람이 그 맛을 알듯이, 다정함 그 비슷한 것이나마 경험한 사람이 그것을 흉내라도 낼 수 있다는 이야기다.

23살이라는 나이가 되어서야 처음으로 크림 브륄레를 먹어봤다. 그전까지는 판매하는 곳을 찾지 못했고, 먹어보지 못한 음식의 맛을 흉내라도 내어 만드는 것은 불가능했다. 처음으로 먹은 크림 브륄레는 상상 이상으로 맛있어서 감동을 받았던 기억이 난다. 과장 조금 더 보태서 너무 좋은 마음에 눈물이 고이기까지 했다.

내가 다정을 염불 외듯이 말하는 이유도 알게 되었다. 갖고 싶다는 미련이 남아서. 나는 이제 크림 브륄레의 맛을 설명할 수 있다. 그리고 이제는 다정함에 대해 어렴풋하게 전할 수도 있게 되었다. 드셔보세요. 꽤 달고 좋아요.

나는 이제 크림 브륄레의 맛을 설명할 수 있다.

그리고 이제는 다정함에 대해 어렴풋하게 전할 수도 있게 되었다.

삶은, 계란

삶은 계란이라는 말장난을 좋아한다. 인생을 정말 별거 아닌 것처럼 보이게 해주기 때문이다.

내가 좋아했던 사람들은 대개 나에게 결여된 무언가를 가지고 있는 사람이었다. 다수의 타인에게 관심을 받던 사람, 언제나 속한 무리 내에서 우두머리 격의 역할을 해오던 사람. 또는 커다란 다정을 품어서 타인에게도 나눠주는 방법을 아는 사람. 동경과 다른 그것을 내가 느낀 적이 있는지 확신이 서질 않았다. 내가 한 것은 말라비틀어진 인간관계의 충족이었을까.

그래서 누군가가 나를 정말 순수하게 좋아해준다면 나도 그런 사람이 되어주고 싶다고 생각했다. 그러나 대체로 나의 연애는 내 마음보다 상대의 마음이 우선이었다. 좋아한다는 감정이 들지 않아도 나를 좋다고 하는 사람이라면 만남을 승낙하고는 했다. 그래서 나는 감사하게도 끊임없이 연애하는 편이었다. 그러다 나 자신이 버거워지는 시기가 시작되면 곁에 있던 당신의 손을 가장 먼저 놔버리고는 했다.

사실 정말로 별거 없는 것은 언제나 나였다.

8

살아냄에 대한 이유

진부하지만 역사와 전통이 있는 얘기를 해보려고 한다. 살아냄에 대한 이유는 무엇일까. 그런 의문을 품었던 때가 있었다. 사실은 지금도 해소하지 못한 물음이다. 태어난 김에 사는 사람이고 싶지는 않았다. 그러한 것은 죽어 있는 것과 다름없다고 생각했기 때문이다.

대학 새내기 시절이었다. 객기 가득한 채로 술을 진탕 마신 후, 정신도 몸도 채 가누지 못하는 상태가 되었다. 그다음은 너무나 뻔한 이야기다. 버스에서 내릴 정거장을 지나

쳤고, 대중교통은 끊겼다. 택시를 탈 돈은 없는 가난한 대학생은 허망하게 정거장 한편에 자리를 잡았다. 그리고는 기억이 끊겼다.

정신을 차렸을 때는 경찰 아저씨의 손을 붙잡고 울고 있는 내가 있었다. 아마 울음소리에 신고가 들어가 경찰이 출동한 것이겠거니 생각할 수 있었다. 함께 술을 마셨던 친구가 나를 걱정하여 찾아와준 덕분에 상황은 마무리되었다.

아직도 그날, 그 밤의 기억이 생생하다. 쌀쌀했던 날씨만큼 서러운 마음이었다. 나는 왜 살고 있느냐고, 도대체 왜 태어나도록 한 것이냐며 따지고 싶었으나 그 대상은 존재하지 않았다. 살아냄에 대한 이유란….

그 답을 아는 사람이 있다면 내게 편지해 주세요.

새벽에 잠긴 중환자실은 인공호흡기나 모니터 소리 같은 일정한 기계음을 제외하면 조용하기 그지없다. 그렇기 때문에 적막 속에 퍼지는 하나 둘, 푸쉬- 하고 말하는 듯한 기계음을 따라 기분은 바닥으로 꺼지게 된다. 그럴 때 들리는 섬망 환자의 알 수 없는 이야기는 차라리 반가운 마음까지 들게 한다. 그 속에 귀 기울이고 있다 보면 환자의 삶이 들린다. 이야기 속에서 그는 자유로웠고, 나는 괴로웠다.

중환자실 간호사가 되고 싶다는 것은 간호대를 입학하면서부터 바라온 것이다. 특별한 이유는 없었다. 삶의 종착역에 들어선 사람들의 삶이 궁금했을 뿐이었다. 나는 미래에 대한 공포를 헤쳐나가기 위해 타인의 삶에서 나의 안정을 찾았었다.

중환자실 업무가 버거워 잠깐 일반 병동으로 부서 이동을 하기도 했었지만, 이직한 후에는 다시 중환자실로 돌아갔다. 그 이유를 찾자면 한 환자의 죽음에서부터 시작한다.

간호사실에는 최소한 한 명 이상의 간호사가 자리를 지키고 있어야 한다. 언제 어떤 일이 벌어질지 알 수 없기 때문이다. 그 일은 윗년차 간호사 선생님들이 자리를 비운 지 5분도 채 되지 않았을 때 일어났다. 활력징후를 나타내는 모니터에서 환자의 산소 포화도가 급격하게 떨어지기 시작했다. 모니터링 기계와 환자의 접촉 오류가 있을 때 종종 있을 수 있는 일이었다. 햇병아리 신규 간호사는 그런 낭창한 생각을 품었다.

기계를 바르게 적용하고 다시 모니터링 화면을 보자 심장이 미친 듯이 뛰기 시작했다. 즉시 환자의 가래를 흡인하고, 폐 확장을 위해 침상 머리를 올려 바르게 앉혔다. 그러나 여전히 모니터링 화면에는 정상 수치에서 말도 안 되게 벗어난 숫자가 떠 있었다. 알림이 미친 듯이 울렸다. 담당 선생님께 뛰어가 그 사실을 보고드렸다.

그는 자리로 돌아와 능숙하게 산소의 유량을 올리고, 비 재호흡 마스크로 바꿔 씌웠다. 동시에 혈압강하제가 주입 되고 있는 기계를 멈추게 했다. 그러나 곧 모니터 화면의 모든 숫자가 사라졌다. 내가 조금만 더 부지런히 무언가를 했다면 그 환자를 살릴 수 있었을까.

중환자실에서의 나는 늘 실수투성이에 민폐 덩어리 같은 존재로 느껴졌다. 그럼에도 다음에는 더 잘하고 싶다. '다 음에는, 또 다음에는…" 하며, 중환자실에서 벗어날 수 없 게 되었다. 다시 한번 중환자실 간호사가 되고 싶어졌다. 사명감 같은 거창한 것은 아니었다. 그저 이제는 그곳이 삶 의 종착역이 아니길 바라게 된 것이다.

그럼에도 사랑을 말합니다

아픔의 최전선에서

4

　약물중독으로 들어온 환자가 있었다. 약에 취해 정신을
차리지 못하는 환자를 대신하여 보호자에게 간호 정보 조
사를 하게 되었다. 이때 질문하게 되는 것은 환자의 입원
동기와 키, 몸무게 같은 기본적인 것부터 시작한다. 그리고
진단명에 따라 얼마나, 어떤 약을 먹었는지 따위의 것들도
함께 사정했다.

　처음에는 꽤 협조적으로 보이던 보호자는 이내 횡설수설
하기 시작했다. 술에 취한 듯한 모습이었다. 이에 대해 확

인하자 보호자는 아니라고 부정했다. 그러면서 처치 중인 환자를 보게 해달라는 요구를 했다. 코로나가 유행하던 시기였다. 중환자실에 들어온 이후 환자의 상태가 나빠지지 않는 이상 면회가 불가능하다는 지침을 설명했다. 그러자 환자를 중환자실 밖으로 불러낼 것을 요구했다. 이번에는 낙상 위험성과 환자의 상태로 인해 불가능하다는 안내를 했다.

갑작스럽게 보호자가 자리에서 일어나 위협적으로 다가왔다. 몸을 뒤로 피하며 진정할 것을 말씀드렸다.

"너네 엄마가 저 상태면 너는 그럴 수 있어?"

상황은 예견된 것처럼 발생했다. 간호 정보 조사를 위해 놓여진 노트북을 사이에 두고 보호자가 내게 고함를 쳤다. 위험을 느끼고 즉시 자리를 피했다. 그러자 보호자는 중환자실의 이중문으로 달려가 자신의 아내를 부르며 발로 걸어차기 시작했다.

곧 병원 내 보안요원들이 달려왔고, 이내 보호자는 경찰

서까지 가게 되었다. 나중에 알고 보니 그는 술에 취한 상
태가 맞았다고 했다.

보호자가 행한 의료인에 대한 폭력보다, 그가 한 말이 더
마음에 잔상이 되었다. 간호사, 그 뒤에 사람 있어요.

간호 정보 조사란 무엇인가요?

한 번쯤 입원을 해본 사람이라면 경험해 보았을 것입니
다. 입원 수속으로 정신없는 와중에 간호사가 다가와
정신없이 질문을 쏟아내는 것이 바로 간호 정보 조사입
니다.

키, 몸무게, 혈액형, 보호자 전화번호 등 기본 인적 사
항과 같은 가벼운 질문에서 시작합니다. 이후에는 진
짜 '간호'와 관련된 질문으로 넘어가게 됩니다. 그러나
이때 많은 보호자가 우물쭈물 대답하지 못하는 모습을
보였습니다.

제가 중환자실 간호사로 일하기 시작하면서 엄마에게 가장 먼저 한 것은 간호 정보 조사였습니다. 중환자실에 입원하게 될 경우, 의식을 잃은 채 입실할 가능성이 크다는 것을 알았기 때문입니다. 이를 대비해 내 가족의 기본 간호 정보를 메모장에 기록해두는 것을 추천드립니다.

그 항목은 다음과 같습니다.

(1) 진단명, 진단일, 현재 약을 처방 받는 병원
(2) 질환과 관련된 정보

　　Ex) 암 → 몇 기, 항암 또는 방사선 치료 횟수, 외래

　　주기, 완치 여부 등

(3) 먹고 있는 약의 이름, 복용법
(4) 입원 또는 수술 경험과 그에 대한 진단명
(5) 알레르기 유무

　내가 간호사가 아닐 때, 간호사라고 하는 사람들은 건강한 사람일 것 같았다. 뭐든 괜찮은 사람, 그게 간호사라고 오인을 했었다. 간호사가 되며 현실은 허리며 손목이며 아프다 골골하는 사람들이 한 트럭이라는 걸 알게 되었다. 그들도 사람이었다. 이제 그 안에는 마음이 아프다고 골골대는 내가 속해 있다.

　하늘은 높아만 지는데 모든 것이 추락하는 계절, 가을이다. 가을이 되기 시작하면 해가 뜨는 시간이 짧아져서 신체의 멜라토닌 분비가 줄어든다. 그렇게 해서 우울감이 드는 것이 계절성 우울증이다. 처음으로 타인에게 우울을 말한 것이 가을이었다. 얼마 지나지 않아 그는 내게 계절성 우울증에 대해 알려주었다. 그냥, 그 다정함이 감사했다.

나도 누군가에게 우울에 대해 언급하고 위로를 전하고 싶었다. 그렇게 한 단어, 한 문장 조금씩 쓰다 보니 글감이 모였다. 어느 간호사의 우울 기록은 그렇게 시작됐다. 타인의 건강을 위해 힘쓰는 사람이 정작 본인은 건강하지 않은 부분에 대해.

뭐, 그럴 수도 있지 않겠느냐고, 그럼에도 살아가자고.

가을, 겨울이 되면
우울해지는 당신에게

특정 계절에만 나타나는 우울증이기 때문에 당연히 시간이 지나면 해결이 됩니다. 그러나 한 계절을 통틀어 우울감에 빠져 지낼 수는 없는 법이죠. 계절성 우울증을 극복하기 위한 몇 가지 방법을 소개합니다.

(1) 햇볕을 충분히 보기
일조량이 감소하면서 신체의 멜라토닌 분비가 줄어 발생하는 계절성 우울증입니다. 더군다나 날씨가 추워지면서 야외 활동은 드문해 지니 햇볕을 볼 시간은 더욱 줄어들게 됩니다. 옷 따뜻하게 챙겨 입고, 가벼운 산책을 통해 햇볕을 받는 시간을 가져보세요.

(2) 올바른 식습관 유지하기
계절성 우울증에는 식욕이 늘면서 체중도 함께 증가하는 특징이 있습니다. 이럴 때일수록 음식을 덜어 먹는 식습관이 필요합니다. 간식보다는 제대로 된 밥을 챙겨 먹도록 해요. 세로토닌 생성에 좋은 트립토판이 함유된 음식으로는 닭고기와 우유 및 유제품, 견과류 등이 있습니다.

(3) 몸을 움직이기

앞서 언급되었듯이 날씨가 추워지면서 야외 활동은 줄어들게 됩니다. 그럴수록 적당히 몸을 움직이는 것이 필요합니다. 햇볕을 충분히 받을 수 있는 오후 시간의 야외 활동을 통해 가벼운 무기력증을 해소해 보세요.

　자고로 어른이란 무엇인가. 모름지기 성년의 나이가 되어… 모르겠다. 집어치우자. 나이를 먹는 것으로는 '어른'이 되지 않는다.

　사회적 합의에 의해 성인이 되는 나이는 정해졌지만, 어른에 대한 의미는 그와 다르다. 가만히 생각해 보다 어원을 인터넷에 검색해봤다. 나이가 많고 적음에 중하지 않고, 책임감 있는 행동을 하는 사람을 의미한다고 되어 있다. 사실은 감이 팍 오지 않는다. 어른이 되고 싶지만, 어른이 무엇인지 잘 모르겠다.

나를 지금에서야 돌아보니 마냥 어리지는 않으면서 스스로를 책임지기는 버거운 나이가 되었다. 적어도 제 나이만큼의 어른스러움은 갖추었어야 할 텐데. 그러지 못한 것 같아 마음은 까치발을 들고서 성인이 된 몸을 바라만 보게 된다.

지나가는 사람마다 붙들고 물어보고 싶다. 당신은 어른이 되었느냐고. 어떻게 그럴 수 있었느냐고. 또는 어른이란 어떤 사람을 의미하는지에 대해서. 어른이란, 사랑이란, 다정이란. 수많은 질문을 던져왔지만 정작 돌아온 대답은 내게 그 이유가 되지 못했었다. 그렇다면 나는 무엇을 이정표로 두고 살아야 할까.

삶의 이정표가 없다는 것만큼 인생을 불안정하게 하는 것은 없다. 언젠가는 대학, 또 언젠가는 취업과 같이 잠시나마 삶의 목표가 된 것은 있었으나 일시적일 뿐이었다.

두렵습니다. 나도 내가 어릴 때 선망하던 '어른' 같은 사람으로 자랐어야 할 텐데, 하고 말이죠.

오늘도 4시간밖에 자지 못하고 눈을 떴다. 짧은 수면 시간에 비하면 나름 개운하게 일어난 것 같다. 괜히 이른 아침에 듣기 좋은 인디 가수의 노래를 틀어본다. 나는 늘 우울하지만은 않다. 아주 가끔은 불안도 우울도 없이 완연한 행복감을 즐기기도 한다.

조금 뜨겁다 느껴지는 온도로 샤워를 하고, 선풍기 바람에 머리를 말리며 우유에 시리얼을 타 먹었다. 내일은 일정 하나 없이 온전히 쉬는 날이고, 날씨는 선선하다. 주위는 조용하고, 나의 작은 강아지가 이불 위에서 바스락대는 소리를 들으며 누워 있는 지금 한순간. 나른하니 기분이 좋았다. 시간이 멈췄으면 좋겠다는 말도 안 되는 생각을 한다.

언젠가의 나는 시간이 흐르면 여유를 가진 어른이 될 수 있을 줄 알았다. 계절에 따라 시시때때로 변하는 저녁 공기를 마시며 집으로 돌아가는. 주말에는 한가로이 내 시간에 잔잔한 노래를 담아 때때로 취미 생활을 즐기기도 하는 그런 어른. 그 과정은 감히 상상도 하지 않은 채 나이를 먹으면 자연히 그렇게 되는 줄 알았다. 사실은 보통의 삶이 가장 어려운 것인데.

오늘은 우울을 이겨냈다. 그러나 이내 우울한 하루가 돌아올 것이라는 걸 안다. 그럼에도 이겨내었던 하루를 되뇌며 내일을 살아내기로 다짐한다. 가끔 이기고 자주 지면서도 살아낼 수 있는 이유는 살아내는 것이 아니라 그저 온전히 살아간 하루가 있기 때문이 아닐까.

**나는 행복하면 불안함을 느껴
누군가 내가 웃는 걸 싫어하는 것 같아.**

– <Untitled_02>, 데이먼스 이어

행복하려면 그저 행복만 하면 될 것을, 저는 꼭 이 음악
을 머릿속에 재생시켜 버리곤 합니다. 그와 별개로 저
는 데이먼스 이어 님의 노래들을 전체적으로 좋아하는
편입니다. 인디 가수계 입문용으로 추천드려요.

　나의 취향은 대체로 마이너한 편이다. 인디 가수의 노래를 듣고, 취미로는 식물을 기르거나 LP 음반을 모은다. 때때로 주변 사람들에게는 손편지를 쓰는 등의 것들이 그 예시다.

　근래에는 뜨개질에 취미를 들이기도 했다. 해양 생물 중에서는 해파리를 가장 좋아하는데, 헤엄을 칠 수 없는 해파리는 물길에 따라 떠다닌다는 말을 본 이후부터였다. 그렇다. 헤엄을 칠 줄 모른다면 떠다니기라도 하면 된다. 그 뜻을 담아 몇몇 사람들에게 뜨개 해파리를 선물했다.

어떤 마음은 너무 조심스러워서 차마 꺼내놓을 수 없을 때도 있었다. 당신이 주먹으로 나의 이마를 툭 치고 지나갔을 때. 아무런 의미도 담겨 있지 않은 애정의 단어를 들었을 때. 너무 소중한 것은 오히려 더 마음을 조심스럽게 했다. 당신을 차마 꺼내놓지 못해 묻었다. 여느 사람들과 다름없이 시간이 흐르자 연락이 드문드문해지기 시작했다. 괜한 핑계로 안부 연락을 해보기도 했지만, 당신은 내가 올려다볼 수 없는 가장 높은 사람이었다. 가끔 들여다보며 추억하는 것으로 되었다 생각했다. 차마 입 한 번 벙긋하지 못하고 지나간 그것이 내 첫사랑이었다.

천천히 내가 좋아하는 것들을 더 열심히 좋아하고 싶다. 때로는 그것이 어떤 이유가 되기도 한다. 인생을 지지하는 기둥이 되어, 삶의 무게를 버틸 수 있게 하는 것이다.

너무 소중한 것은 오히려 더 마음을 조심스럽게 했다.

내가 사랑해 마지않는, 언제나 안쓰럽고 안타까운 존재.

  부모가 되어본 적은 없지만, 부모라는 존재의 무게감은 감히 조금은 느껴본 바가 있다고 말할 수 있다. 그렇기에 나는 부모가 되고 싶지 않다고 생각했다. 내가 부모가 되었을 때, 나의 불완전한 감정을 경험하게 하고 싶지 않았다. 그리고 나를 희생해 온전히 한 생명체를 바르게 키워낸다는 것이 무겁게 느껴졌다. 아마 나는 틀리게 풀어낼 수밖에 없는 숙제일 것이다.

어릴 때부터 공포심이 많던 아이는 제 엄마에게 질문을 던졌다.

"엄마, 어른이 되면 원래 귀신이 안 무서워지는 거야?"

그런 게 어디 있냐며, 삶에 치이다 보니 그러한 것들에 무신경해지는 것뿐이라는 대답이 돌아왔다. 성인이 된 아이는 이제 그에 대한 의미를 알게 되었다.

몸도 마음도 아픈 엄마가 있어 보니, 원래 사람은 아프면 조금 예민해질 수 있다는 걸 알았다. 그래서 자신의 아픔에 유독 친절을 바라는 환자를 봐도 그를 떠올리며 그러려니 할 수 있게 되었다.

부모도 부모가 처음이라는 말을 실제로 당신의 입에서 들어봤다. 그에 대해 나는, 그래도 자식으로서의 경험은 하지 않았느냐는 말로 되돌려줄 수가 없었다. 그런 아이도 있는 거다. 부모를 이해하기 때문에 용서할 수밖에 없는 아이가.

엄마, 알고 있지? 아니, 아니다. 사실은 이미 알고 있어
야 해. 그래도 원망하진 않아.

그런 아이도 있는 거다.
부모를 이해하기 때문에 용서할 수밖에 없는 아이가.

나락도 락이라면,
애증은 사랑(愛)인가요?

　나의 부모님은 성격 차이를 이유로 이혼을 하셨다. 그래서 나는 초등학교 저학년까지 아빠 밑에서 자랐고, 이후로는 쭉 엄마 손에서 컸다.

　엄마는 손이고, 아빠는 밑에서 자랐다고 표현하는 데는 이유가 있다. 적어도 엄마는 딸의 성장도 눈치채지 못한 채 발가락이 휘도록 작은 신발을 신기지는 않았다.

　나는 세상의 모든 아빠는 담배를 피우고, 골프를 좋아하며 주말에는 텔레비전 앞을 벗어나지 않는 줄 알았다. 사실 지금도 아빠라는 대상의 이미지가 잘 그려지지 않는다. 초등학생 이후로 쭉 부재했으며, 집 안에서는 암묵적으로 그의 존재가 금기시되었기에 그럴 수밖에 없었다.

아빠는 내게 수많은 이모들을 소개해 주었다. 아마도 회사의 직원이었을 텐데, 사실 그들은 대개 어린아이를 돌보는 일에 관심이 없는 것 같았다. 그럼에도 나는 그들에게서 아빠를 대신할 사랑을 찾아 헤매었다. 언니와 내게 중국어를 가르쳐주던 커플이 있었다. 그리고 때때로 선물을 사주시던 '게 사주신 이모'가 그리운 향수로 떠오른다.

그중에서 가장 오랜 기간 함께했던 이모들은 나처럼 자매였다. 나는 그들에 대해, 둘 중 한 명은 분명 아빠의 어린 애인일 것이라고 생각을 했었다. 물론 진위는 알 수 없었지만. 주인이 자리를 비운 한낮의 집 안에서 나체로 침대 위에 누워 있을 수 있는 건 그러한 존재뿐일 것이라고.

아빠도 나름대로 사랑의 방식이 있었다. 그중 하나는 매일 내게 일기를 쓰게 하는 것이었다. 그러나 일기 따위의 숙제를 검사했을 때 불성실했음이 눈에 보이면 체벌이 따라왔다. 어린 두 딸에게 엎드려뻗쳐를 시켜놓고선 골프채를 휘두르는 것이다. 사실상 폭력이었다. 이 때문에 성인이 된 이후에도 한동안 일기를 쓰는 행위를 달갑지 않아 했었다. 나는 너무 어렸을 때 오래된 멍은 노랗게 무르익고, 새로운 멍은 검붉은색을 띠게 된다는 것을 배웠다.

조금 자라고 나서 다시 만난 아빠는 내게 보고 싶었다고 했다. 그러면서 딸이 마음에 떠오를 때마다 어릴 때의 일기장을 읽어봤다고 하며 웃었다. 내게는 학대의 흔적이었던 그것이 당신에게는 추억이었다는 것에 아무 말도 뱉지 못했다. 그 앞에 앉아 그저 쓴웃음을 지어 보였다.

마음 깊은 곳에 맺혀 있는 기억이 있다. 내가 고열로 아팠던 어느 밤, 아빠가 운전하는 차의 뒷좌석에 누워 있었다. 흔들리는 차체와 씨름하며 야경이 산란하는 것을 바라봤다. 응급실에 도착하자 마법처럼 열이 떨어졌었던 것 같다. 당시의 나는 그래도 당신이 나를 걱정하는 감정은 있다는 것을 느낄 수 있었다. 나는 그렇게 작은 것에서부터 사랑을 찾아내야만 했다.

피는 물보다 진하다는 말을 혐오하는 한편으로 깊이 공감하기도 한다. 놀랍겠지만 나는 여전히 아빠의 존재를 그리워한다. 이것도 사랑이라고 한다면 사랑일 것이다. 그러나 이는 당신과 함께하고 싶다는 것과는 전혀 다른 의미라는 걸 전해주고 싶다.

최근 들어서 애착 유형이란 것이 많이 알려졌다. 크게 안정 애착과 불안정 애착으로 구분되는데, 생각해 보면 나는 불안정 애착 중에서도 전형적인 회피형 인간이었다.

대학 새내기 시절 축제 시즌, 학교 앞 술집에서 어김없이 술에 진탕 취해 학교로 다시 돌아가던 밤이었다. 축제 무대에서 유명한 인디 가수의 노래가 흘러나오고 있었다. 순간에 나는, 당신이 마음을 고백해준 것이 기억나지 않는 척해버리고 말았다. 무엇이 겁이 났던 것인지는 이제는 기억나지 않는다. 이는 인생에서 시간을 다시 돌릴 수 있다면 선택할 몇 없는 시간 중 하나가 되었다.

　어느 날 누군가 내게 그랬다. 최소한 한 번은 최선을 다
해 상대방을 좋아해 보려고 노력이라도 해보라고. 그런데
있잖아, 내가 나를 안 좋아하는데 누구를 온전히 좋아할 수
있겠어. 나는 늘 사랑의 실체가 와닿지 않는다. 그만하자는
한마디로 끝날 수 있는 것이 과연 사랑이 맞을까.

　약을 주워 먹어도 해결되지 않는 이 정신병을, 나도 감당
못 해 버거워하는 것을 당신은 버텨낼 수 있을지 의문이었
다. 나는 꽤 자주 불안정할 것이고, 나 하나를 감당하기에
도 벅차서 당신까지 품에 두기를 버거워할지도 모른다. 그
래서 엉망진창인 기분을 끌고 와 언제든 당신에게 행패를
부릴 것이다. 그렇게 살아가다 어느 순간 내가 죽어버린다
면? 이 모든 것을 고려하고도 당신은 여전히 나를 선택할
수 있을지 두려웠다.

　사실 나는 당신뿐만 아니라 나조차도 영원할 것이라는
확신이 들지 않는다. 정상적인 사고를 하는 사람이라면 이

런 정신병자에게서 도망치는 것이 당연하다고 생각했다.

당신 덕분에 '아, 나는 이 사람이 좋구나.'라는 생각을 해 보기도 하고, 애정이란 어떤 것인지 느껴볼 수도 있었다. 놓치면 후회할 것을 알고, 당신만큼 나에게 잘해줄 사람이 있을까 싶은데. 그럼에도 나는 평생 사랑이 무엇인지에 대해 찾아 헤맬 것이다. 내 핸드폰 배경 화면은 여전히 당신이고, 오늘도 당신 생각을 몇 번씩 했지만 그럼에도 헤어질 수 있는 것 아닐까?

우리가 같은 우울인 줄 알고 찾아온 당신이 사실 다른 것임을 깨닫는다거나, 앉은 자리에서 털고 일어날 준비가 되었거나. 아무튼 그렇게 떠나갈 준비가 되었거든 기꺼이 배웅할 것이다.

우리가 우리가 아니게 되더라도 나는 당신이 잘 지냈으면, 좋은 밤을 보냈으면, 단꿈을 꾸면 좋겠다고 생각할 것이다.

잘 지냈으면, 하는 마음뿐이다.

그런데 있잖아, 내가 나를 안 좋아하는데
누구를 온전히 좋아할 수 있겠어.
나는 늘 사랑의 실체가 와닿지 않는다.

　우울증 환자의 자살률은 우울한 시기보다 회복기에 들어섰을 때 더 높다고 한다. 우울한 때에는 오히려 무기력하고, 회복기일 때 무언가를 해낼 힘이 있어서라고 하던가. 그보다 사실은 다시 밑바닥으로 내다 꽂히는 기분을 벗어날 수 없다는 것을 알기 때문은 아닐까 생각한다. 괜찮다가도 아니던, 그런 날들을 수없이 겪어본 인간으로 살아왔으니까.

　나는 어릴 때 둔감하다거나 무던한 사람이라는 얘기를 종종 듣고는 했다. 그런데 지금에서야 곰곰이 따져보면 나는 굉장히 예민한 사람에 가까웠다. 특별히 맵고 짠 음식보다 싱겁더라도 간이 약한 음식을 좋아하고, 살랑대는 선풍기 바람에도 피부 결이 간지러워 좋아하지 않는다. 그래서 나에게 적절한 온도를 찾는 것 또한 쉽지 않고. 작은 소음에도 민감하여 타인 속에 섞여 있는 것도 버거워한다. 나는 아주 예민하고 사회에 부적격인 인간인 것만 같았다.

내가 자신 있게 좋아한다고 대답할 수 있는 것이라면 자연이다. 파란 하늘, 바다, 식물 따위의 것들 말이다. 그것들을 관찰하는 것은 나의 오래된 취미 중 하나였다.

당신은 지구의 그림자가 푸르다는 걸 생각해본 적이 있는지 묻고 싶다. 그러나 지구와 달리 달에서는 태양이 내리쬐는 한낮에도 검은 하늘이 지속된다. 또한, 그를 닮아 달 표면의 그림자 역시 매우 검다. 달에는 대기가 없어서인데, 쉽게 말해 태양으로부터 온 빛이 대기가 없어 곧장 지면으로 떨어지기 때문이다. 지면을 맞고 반사된 빛 역시 산란하지 못하고 우주 공간 너머로 흩어지는 것이다.

반면 지구에서는 대기가 있기에 흩어지는 빛이 있다. 이는 짧은 파장의 빛이 더 많이 산란되는 '레일리 산란'에 의해 파란빛을 띤다. 하늘이 파란색으로 보이는 이유이자, 천공광이 비추는 그림자가 파란색을 띠는 이유이다.

더불어 해가 잘 들지 않는 음지에서도 식물들이 살 수 있는 이유이기도 하다. 모든 식물이 내리쬐는 직사광선 아래에서 자라는 것이 아니다. 음지에서 생육하는 것이 더 괜찮은 식물들이 있다. 그러나 이들이 정말 아무런 빛조차 들지 않는 곳에서 살아도 된다는 의미는 아니다. 통상적으로 하루에 빛이 한두 시간 정도밖에 들지 않는 곳을 음지라고 한다. 결국, 그들도 파란을 마주해야 한다는 의미이다.

'Blue'라는 영단어는 어느 한편으로 우울이라는 의미로 쓰이기도 한다. 공교롭게도 내가 가장 좋아하는 색 역시 파랑이다. 떼어내려고 해도 뗄 수 없는 내 인생의 파란.

파란에 잠겨도 돌아갈 곳은 있으므로, 나는 나를 사랑한다고 끊임없이 속삭일 것이다. 아주 옛날에 느꼈던 다정함을 꺼내어 위안 삼으면서 내 안의 화원을 만들어나갈 것이다.

있지 나는 네 방 한켠에서
시들지 않는 화분이 될 거야

– <화원>, 김현창

글을 써 내려가는 거의 대부분의 시간 동안 김현창 님의 노래를 틀어두었습니다. 이번 목차에서는 <화원>을 들으며 썼습니다. 그의 섬세한 감정선이 좋고, 가사가 예뻐서 추천드려요.

파란에 잠겨도 돌아갈 곳은 있으므로,

　　나는 주변 사람들에게 정신과 약을 먹고 있다는 것을 숨
기지 않는 편이다. 직업이 간호사인지라 주변 사람들도 간
호사인 경우가 많았기 때문이었다. 그들은 아무렇지 않게
나의 질환을 받아들였다. 그렇다고 해서 투약 사실을 대놓
고 알리고 싶은 것은 아니었다. 그저 굳이 숨길 이유를 찾
지 못했던 것이다. 이를 통해 내 정체성을 형성한다던가,
무언가 목적 있는 활동을 하겠다는 포부를 가진 것은 아니
었다.

　　그렇기 때문에 정작 가장 가까운 사람인 엄마한테는 알

리지 않고 있다. 엄마는 내가 우울증이라는 사실에 어떤 반응을 보일지 상상이 되지 않는다. 언젠가 자연스럽게 알게 될 날이 온다면, 그저 당신 탓을 하지 않기를 바랄 뿐이다.

  정신 질환을 앓고 있는 사람의 주변인으로 산다는 건 어려운 일일 것이다. 특히 어떤 반응을 보여야 할지에 대해서. 그에 대한 정답은 없다고 생각한다. 예를 들어, 감기에 걸린 사람을 봤을 때 증상에 대해 걱정하는 사람이나 병원에 가라고 이야기해 주는 사람 모두 잘못된 것이 아니다. 어째서 정신 질환에 대해서 '어떻게 반응을 해주어야 합니다.' 같은 말이 있을까. 정신 질환도 그저 질환으로 받아들여 주기만 한다면 정해진 반응이란 것이 필요치 않다고 생각한다.

  우울이란 무엇인가에 대하여 간호사의 입장에서는 그저 정신 질환이라고 답할 수 있겠다. 그러나 개인의 입장으로 내가 겪은 우울은 잠겨 죽지 않는 바다와 같았다.
  매번 높이가 다른 파도가 몰아쳐 오면 어떤 때에는 버텨 내 서 있을 수 있었다. 그러나 얕은 파도가 지나가면 더 큰 파도가 오는 법이라고 했다. 그러면 순식간에 바다 저 끝까지 휩쓸려가서는 발도 딛지 못하고 허덕이게 되는 것이다.

헤엄치지 못하는 인간은 어떻게 살아가는가. 나는 수영을 못한다. 해서, 가끔 숨을 고르기 위해 뭍으로 도망치고는 했다. 이 과정에서 나를 견뎌내 준 이들에게 감사를 전한다.

당신이 정의 내린 우울은 무엇인지 알고 싶다.

어떤 이는 우울을 마음의 감기라고 하던데, 영영 낫지 않고 품고 살아가야 할 감기가 어디 있을까 싶다. 그 정도면 적어도 폐렴이다. 자신의 우울을 정의 내리지 못한 이가 있다면, 대신해서 매일 밤 품에 파고들어야 할 침대는 아니길 바란다는 누군가의 말을 빌려 쓴다.

세상의 모든 당신에게 감히 나의 글이 다정이 되어 닿을 수 있다면, 또 감히 일면식 없는 당신을 응원한다 말하고 싶다.

'회복하고 이겨냈으니 저를 따라 마음 챙김 수련을 하세요.' 이야기하고 싶지만 애석하게도 나는 자주 우울에 지곤

한다. 다만 천천히 나아갈 뿐이다. 당신 또한 버텨내는 인생일지라도 가끔은 완연하게 웃을 수 있는 날이 있기를 바란다.

이 책을 쓸 수 있도록 나의 다정이 되어준 모든 이들에게 감사를 전한다. 아직은 나를 꺼내놓는다는 사실이 조금 두렵지만, 이 또한 한 발 나아가는 것이라고 생각하기로 했다.

아직도 현재 진행형인 이 과정 속에서 마무리하지 못한 이야기를 들려주는 것은 참 어렵다. 그러나 당신에게 하고 싶은 말, 할 수 있는 말을 최선을 다해 담았다. 얼마나 전달되었을지는 모르겠지만.

언젠가 또 안부를 전할 날이 오기를 기약하며 글을 마칩니다.

살아내는 당신, 안녕하기를.

헤엄치지 못하는 인간은 어떻게 살아가는가.
나는 수영을 못한다. 해서, 가끔 숨을 고르기 위해
뭍으로 도망치고는 했다.

힘껏 우울해하고 느슨하게 행복하기. 약 잘 챙겨 먹고, 안 좋은 생각이 들면 한 발 미루기. 잘 살아내기.